2,

DE UILENVLUCHT

De uilenvlucht

Roland Mans

Voor
Anjuli Ranchor,
die veel te jong stierf.

www.lannoo.com/kindenjeugd
omslagontwerp Studio Lannoo
foto omslag Getty Images
© Uitgeverij Lannoo nv, Tielt, 2009
D/2009/45/494 – ISBN 90 209 8484 2 – NUR 283
Niets uit deze uitgave mag worden verveelvoudigd en/of openbaar gemaakt
door middel van druk, fotokopie, microfilm of op welke wijze ook
zonder voorafgaande schriftelijke toestemming van de uitgever.
Gedrukt en gebonden bij Drukkerij Lannoo nv, Tielt

1

Lev spreidde zijn vleugels en stortte zich van de richel af. In een geluidloze glijvlucht zweefde de oehoe naar een onzichtbaar doel op de bodem van de groeve. Plotseling draaide de uil zijn vleugels een kwartslag naar voren. Hij verloor zijn snelheid, strekte zijn klauwen uit en plukte zijn nietsvermoedende prooi van de grond. Het spartelende konijn stootte een schrille doodskreet uit en bezweek toen onder de druk van Levs greep. Terwijl de oehoe met trage, krachtige vleugelslagen terug naar de richel vloog, kaatste zijn triomfantelijke uilenschreeuw door de groeve: 'Whoehoe! Whoehoe!' Emre kreeg er kippenvel van.

Even later landde Lev naast hem op de richel. De uil leek zich niet te storen aan zijn aanwezigheid en begon meteen te eten. Hij rukte het konijn met zijn klauwen en snavel uit elkaar in stukken bot, vlees, huid en haar en slokte ze allemaal op. Al snel was er niets meer van het beest over. Nadat hij de laatste hap had doorgeslikt, stapte Lev naar de rand van de richel en ging weer doodstil op de uitkijk staan. Emre keek voorzichtig op zijn horloge. Jammer. Het was tijd om naar huis te gaan. De rest van de jachtpartij moest hij missen. Net toen hij overeind wilde komen, draaide Lev zijn kop naar hem toe. Met zijn twee grote uilenogen keek hij de jongen priemend aan. Emre bleef stil zitten. Hij kende deze doordringende uilenblik, waarin zoveel kracht en wijsheid besloten lagen, heel goed, maar liet zich er keer op keer door betoveren. Emre genoot van het vuur dat de ogen van Lev uitstraalden. Het waren de ogen van een geboren heerser. Minutenlang keken de jongen en de uil elkaar recht aan, totdat Lev zijn kop in de richting van de groeve draaide. Had hij weer iets gehoord? Ja! Opnieuw spreidde hij zijn vleugels en dook hij de schemerige diepte in.

Emre stond op en keek hem na. 'Tot morgen, Lev', zei hij zachtjes. Toen draaide hij zich om en klom weer naar boven.

Emre was pas acht toen de eerste oehoes in de groeve waren neergestreken. Zodra de aanwezigheid van deze superuilen was ontdekt, waren iedere dag mensen uit het hele land naar Maastricht gekomen om te proberen een glimp van hen op te vangen. Met verrekijkers en telescopen stonden ze achter het hek, zodat ze goed zicht hadden op de gigantische groeve met zijn talloze mergelwanden en grotopeningen. Maar zo gemakkelijk lieten de uilen zich niet zien. Ze joegen alleen in de schemering en 's nachts. Overdag verstopten ze zich goed. Meestal stonden ze doodstil op een van de vele richels. Hun bruine en beige schutkleuren vielen daardoor weg tegen de mergel en de stenen in de rotswand. Vaak gingen ze dan ook nog tussen wat struiken staan, zodat ze nog moeilijker te vinden waren.

Emre, die niet zover van de groeve woonde, was gek op de oehoes. Al vanaf de eerste keer dat hij er een had gezien. Gehoord eigenlijk, want het was begonnen met die schreeuw. Hij herinnerde zich als de dag van gisteren dat hij op het bospad langs de groeve liep, toen hij vlak bij hem opeens die luide, ijzingwekkende schreeuw had gehoord: 'Whoeoh, whoeoh!' Verstijfd van schrik was hij blijven staan, in de richting van het geluid kijkend. Vlak daarna was een heel grote vogel met trage vleugelslagen over komen vliegen, een paar meter boven zijn hoofd. De adem was hem in de keel gestokt. Emre had zijn ogen niet kunnen geloven. Zo'n grote vogel had hij nog nooit gezien! Zelfs in de schemering leek hij wel een schaduw op de grond onder hem te werpen. Twee tellen later was de vogel achter de boomtoppen verdwenen. Emre was naar huis gerend, had de computer aangezet en was als een gek gaan zoeken. Welke vogel had hij gezien? Het duurde niet lang voordat hij het antwoord op een of andere vogelsite had gevonden: '*Volwassen oehoes zijn tussen de 60 en 75 centimeter hoog*', las hij. '*Als ze vliegen hebben hun vleugels een spanwijdte van 1 meter 40 tot 1 meter 70. Ze hebben opval-*

lende oorpluimen en grote, ronde, oranjegele ogen. Oehoes jagen in de avond en 's nachts. Ze eten vooral knaagdieren en andere vogels, maar ze zijn zo sterk en hun klauwen zijn zo fors dat ze er zelfs vossen en lammetjes mee kunnen vangen en door de lucht naar een rustig plekje kunnen vervoeren om ze daar op te eten. Overdag rusten ze in boomtoppen en rotsspleten. In Nederland en West-Europa zijn ze zeer zeldzaam. Ze komen vooral voor in Midden- en Oost-Europa, met name in steile rivierdalen en in het midden- en hooggebergte.'

De oehoe! Dat was de vogel die hij had gezien!

In de maanden en jaren daarna had hij een speciale band met deze vogels opgebouwd. Ook nu nog ging hij zo vaak mogelijk naar de groeve om naar ze te kijken. Het liefste als het bijna donker was en er niemand meer was in de groeve of het bos eromheen. Hij kroop dan onder het hek door en probeerde zo dicht mogelijk bij een van de uilen te komen. In het begin waren de oehoes telkens van hem geschrokken en weggevlogen, maar al na een aantal weken waren ze gewend geraakt aan die kleine, nieuwsgierige jongen. Het was alsof ze wisten dat die geen kwaad in de zin had.

Dat was ook zo. Emre voelde alleen maar vriendschap voor deze grote, schuwe uilen. Hoe meer hij van ze te weten kwam, hoe meer hem een gevoel van herkenning bekroop.

De oehoe was een eenling, net als hij. Een buitenstaander, die eigenlijk ergens anders vandaan kwam, maar zich hier thuis voelde. Een dapper wezen dat altijd op zijn hoede was, omdat het nooit zeker wist of mensen het een warm hart toedroegen of het liever zagen vertrekken. Emre wist precies hoe deze superuil zich voelde.

Emre was niet de enige die warme gevoelens koesterde voor de uilen. Een tijdje nadat de uilen gekomen waren, kwam een biologiestudent uit Leiden naar Maastricht. Om zijn diploma te halen, moest de student een jaar lang, van herfst tot herfst, veldonderzoek doen en daarover een uitgebreid verslag schrijven. Als onderwerp koos hij de oehoe. Hij had toestemming gekregen om ook in de groeve zélf onderzoek te doen. Dag in, dag uit observeerde hij een mannetje en een vrouwtje vanuit een aantal vaste uitkijkposten. Die waren zo goed gecamoufleerd dat niemand, ook Emre niet, ze had gezien. Het duurde niet lang voor de aanstaande bioloog ontdekte dat hij niet de enige was met een speciale belangstelling voor de oehoes. Om de paar dagen zag hij een kleine jongen die klimmend langs de steile wanden van de groeve heel dicht bij de vrouwtjesoehoe kwam en daar dan rustig een uur lang doodstil naar zat te kijken. Ongelooflijk en levensgevaarlijk, wat die jongen deed, maar ook indrukwekkend. Pieter, zo heette de student, vond al snel de plek waar de jongen iedere keer onder het hek doorkroop.

Op een avond wachtte hij hem daar op. Emre schrok van de man en wilde wegrennen, maar Pieter stelde hem gerust. 'Je hoeft niet bang voor me te zijn; ik ben hier om de oehoes te bestuderen en volgens mij kan ik heel veel van je leren.' Iets in hem zei dat hij de man kon vertrouwen en Emre bleef staan, op veilige afstand, om met Pieter over de oehoes te praten. Het was meteen duidelijk dat Pieter niet alleen iets van Emre kon leren, maar dat Emre ook heel veel van Pieter kon leren.

De twee ontmoetten elkaar om de paar dagen bij de groeve om samen naar de oehoes te kijken. Zo zagen zij dat de uilen die herfst paarden en dat het mannetje een plek op een richel uitzocht om een nest te bouwen. Ze observeerden hoe het vrouwtje in het voorjaar twee eieren legde, die na een dikke maand uitkwamen. Het mannetje liet zich die lente en zomer niet meer zien: het vrouwtje moest haar kuikens alleen te eten geven.

Pieter en Emre leerden elkaar goed kennen en Emre nam Pieter regelmatig mee naar huis. Emres ouders waren erg gastvrij. Al snel at Pieter bijna dagelijks bij de familie Diri.

De volgende herfst vlogen de jongen uit. De student was nu één jaar in Maastricht. Hij was klaar met zijn onderzoek en verslag en moest terug naar Leiden om af te studeren. Emre vond het erg jammer, maar ze beloofden elkaar om contact te houden. Pieter zou nog vaak terugkomen, zei hij. Als er iets met de oehoes was, moest Emre hem meteen waarschuwen, zo drukte hij hem op het hart.

In de lente van het jaar daarna gebeurde er iets heel bijzonders. Een pasgeboren oehoejong was in de problemen geraakt. Het uilskuiken was uit het nest gekropen en van de richel gevallen. Hoewel het nog niet kon vliegen, had het de val overleefd. Toen Emre die avond in de groeve kwam, hoorde hij aan de alarmroepen van de moeder en het jong meteen dat er iets mis was. Hij vond het jong op de bodem van de groeve. Emre wist dat hij het beestje niet met zijn blote handen moest aanraken, omdat zijn moeder hem misschien zou verstoten als zij de geur van mensen rook. Hij rende zo snel hij kon naar huis, pakte daar een juten zak en keerde terug naar het bange kuiken. Behendig wist hij het jong in de zak te krijgen, terwijl de moederuil hem vanaf een afstandje paniekerig gadesloeg. Daarna klom hij naar het nest en keerde de zak daar voorzichtig om. Met een zacht plofje viel de kleine oehoe weer in het nest, naast zijn twee zusjes. De moederoehoe, die de hele tijd in de buurt van Emre was blijven vliegen, landde nu op de richel, vlak naast het nest. Ze keek naar haar kroost en duwde met haar kop de kuikens dicht bij elkaar. Daarna keek ze met haar grote, ronde uilenogen indringend naar Emre. Misschien verbeeldde hij het zich, maar Emre had het gevoel dat ze hem bedankte. Vanaf dat moment kon hij zo dicht bij het nest komen als hij wilde. Vaak nam hij de dode muizen mee die hij thuis met zijn vallen ving en gaf die aan de uilskuikens. Ook aangereden vogels, die hij op straat vond, nam hij mee. Alles werd met smaak opgegeten.

Emre had het gevoel dat hij er een familie bij had gekregen. Het jong dat hij had gered, noemde hij Lev. Toen hij er een e-mail over naar Pieter stuurde, vond die het maar niks. *'Je moet die beesten zoveel mogelijk met rust laten'*, schreef hij aan Emre. *'Je had Lev aan zijn lot moeten overlaten. De natuur moet zijn gang gaan.'* Emre trok zich er niets van aan. Lev was niet zomaar een dier, Lev was een vriend.

Het beest groeide als kool. Misschien kwam het wel doordat hij zoveel extra voedsel had gekregen, maar Lev werd een uitzonderlijk grote oehoe. Die herfst lukte het Emre hem te meten. Lev was 83 centimeter hoog. Om achter de spanwijdte van zijn vleugels te komen, maakte Emre digitale foto's van Lev, terwijl hij vloog. Met een speciaal programma op zijn computer ontdekte hij dat de spanwijdte van Lev 1 meter en 78 centimeter was. Lev was dé superuil onder de superuilen. Opnieuw stuurde hij een e-mail naar Pieter, die dit keer enthousiast reageerde: '*Wat een joekel van een oehoe! Hij moet echt een van de grootste uilen, misschien wel de grootste uil ter wereld zijn. Ik kom zo snel mogelijk naar Maastricht om naar hem te kijken.*'

Dat was inmiddels twee jaar geleden.

De dag na Levs jachtpartij zocht Emre tevergeefs naar hem. De oehoe zat bijna altijd op dezelfde richel, maar nu was hij daar niet. Ook op de andere plekken in de groeve waar Lev zich wel eens ophield, was de uil niet te vinden. Emre maakte zich ongerust. Hij zou toch niet verdwenen zijn? Of zelfs dood? Op weg naar huis troostte Emre zich met de gedachte dat Lev vast ergens anders op jacht was gegaan. Hij zou morgen weer gaan kijken en overmorgen ook. Net zo lang totdat hij Lev weer had gevonden.

Enkele weken lang zocht Emre iedere dag vergeefs naar Lev. Hij kon hem nergens vinden, niet dood en niet levend. Langzaam drong het tot Emre door dat de oehoe was verdwenen. Uitgevlogen, waarschijnlijk. Weg van de plek waar hij was opgegroeid, op zoek naar een nieuw jachtgebied en een eigen leven. Emre realiseerde zich dat hij zijn vriend waarschijnlijk nooit meer zou zien. Dat besef veroorzaakte een groot gevoel van machteloosheid. Hoe lang hij er ook over nadacht, hij kon niets bedenken of doen om de situatie te veranderen: Lev was weg en zou wegblijven. Het maakte hem een tijdlang verdrietig en boos. Het duurde een hele poos voor hij zich weer de oude voelde .

2

Het maakte niet uit dat het langzaam donker werd: Emre wist het gat in het hek feilloos te vinden. Hij had het ontdekt, tijdens een van zijn vele zwerftochten langs het spoor. Gebukt wurmde hij zich door de struiken, liet zich op zijn knieën zakken en stak zijn hoofd erdoor. Hij keek om zich heen. Overdag liepen regelmatig mensen over het rangeerterrein, een vlakte vol spoorlijnen waar treintoestellen werden gekoppeld of juist losgekoppeld. Nu leek alles rustig. Toen hij zeker wist dat niemand hen zou zien, wenkte hij naar zijn vriend. Die wurmde zich op zijn beurt door de struiken en knielde naast Emre neer.

'Wat er ook gebeurt, maak geen lawaai. Niet schreeuwen, niet hardop praten', fluisterde Emre.

Teun knikte.

'Oké. Achter me aan dan.'

Vlug kroop hij door het gat, stond op en rende ineengedoken naar een gele locomotief, op de voet gevolgd door Teun. Terwijl die zich tegen het treintoestel aandrukte om niet op te vallen, ging Emre op de treeplank staan, trok de deur open en stapte de cabine binnen. Nog geen tel later stond Teun naast hem.

'Deur dicht! En zachtjes!' zei Emre.

'Hoe wist jij eigenlijk dat deze locomotief openstond?' vroeg Teun, toen de cabine weer dicht was.

'Al die dingen hier staan open. Dat had ik gezien. De machinisten komen eruit als ze klaar zijn, gooien de deur achter zich dicht en doen die nooit op slot.'

De jongens keken om zich heen. In de cabine stond een leren stoel. Onder het middelste van de vijf ramen bevond zich een paneel met heel veel meters, knoppen en lampjes. Links daarvan stond een soort ijzeren kast met drie hendels erop. Rechts iets met een grote, rode handgreep.

'En nu?' vroeg Teun.

'Nu begint het pas', glimlachte Emre.

'Hoe bedoel je?'

'We gaan een ritje maken!' antwoordde hij, terwijl hij op de stoel ging zitten.

Teun keek hem ongelovig aan. 'Dat meen je toch niet?' vroeg hij. 'Je weet toch niet hoe dit ding werkt?'

'Oh nee? Let maar eens op dan', zei Emre en hij drukte zes kleine knoppen in. Rommelend sprongen de dieselmotoren van de locomotief aan.

Teun moest bijna schreeuwen om boven het lawaai uit te komen. 'Als jij weet hoe je dit ding aan de praat moet krijgen, weet je zeker ook hoe je ermee moet rijden?'

'Natuurlijk!' riep Emre. Hij zette twee schakelaars om en drukte een pedaal naar beneden. Langzaam zette de locomotief zich in beweging. Triomfantelijk keek hij om. 'Lang leve internet en de bibliotheek!'

Op het gezicht van zijn vriend wisselden schrik, verbazing en bewondering elkaar af. 'Als ze ons te pakken krijgen, zijn we verschrikkelijk de klos!' riep hij.

'Klopt, dus moeten we ons niet laten pakken! We rijden gewoon een paar keer op en neer en dan gaan we ervandoor!' reageerde Emre. 'Geniet er nou maar van!'

Driehonderd meter verderop draaide hij de rode handgreep naar zich toe en liet de locomotief remmen. Nadat de trein helemaal tot stilstand was gekomen, zette hij een van de schakelaars om en deed hij hetzelfde ritje opnieuw, maar nu in de andere richting.

De twee jongens genoten. Dit was het stoerste wat ze ooit hadden gedaan. Alle andere streken die ze in hun leven hadden uitgehaald, vielen hierbij in het niet. Al snel vergaten ze dan ook alles om zich heen. Ze hadden alleen nog oog voor de knoppen, lampen en het spoor waarover ze reden. Nadat ze zo drie keer op en neer waren gegaan, wilde Teun ook wel eens machinist zijn. Emre maakte plaats voor hem en ging achter in de cabine staan. Terwijl de locomotief zich weer in beweging zette, zag hij hoezeer zijn vriend zich vermaakte.

Het maakte hem blij. Hij had Teun een avontuur gegeven dat hij nooit meer zou vergeten.

Emre was inmiddels twaalf jaar. Veel vrienden had hij niet. Echte vrienden, dan. Teun was een van de weinigen. Met hem trok hij al op vanaf het moment hij in Maastricht was komen wonen. De eerste schooldag stond in zijn geheugen gegrift. Wat was hij nerveus geweest. Alles was anders en nieuw en hij kende niemand. Al op het moment dat hij de klas binnenstapte, besefte hij dat hij een vreemde eend in de bijt was. Zijn klas in Rotterdam was heel gemengd geweest. De kinderen hadden daar ouders die overal vandaan kwamen: natuurlijk uit Nederland zelf, maar ook uit Turkije, Marokko, Suriname, Indonesië, de Antillen, Polen, Ghana, noem maar op. Iedereen verschilde van de ander en dat verschil was normaal. Maar in Maastricht was dat precies andersom. Niemand verschilde van de ander; het waren allemaal Limburgers. Hoogstens had de een blonde haren en de ander donkere, de een blauwe ogen en de ander bruine. Natuurlijk zaten er ook lange, kleine, dikke en dunne kinderen tussen, maar dat was het wel zo'n beetje. Ze waren allemaal blank, hadden allemaal een gek, zangerig accent en hun ouders kwamen, op een enkele uitzondering na, uit Maastricht of uit de omgeving daarvan. Ook waren ze allemaal katholiek of deden ze alsof. Emre was het eerste kind in de klas dat echt anders was. Hij was van Turkse afkomst, moslim, in Rotterdam geboren en dus de bezitter van een harde in plaats van een zachte 'g'. Toen de meester hem aan zijn nieuwe klas voorstelde, voelde hij zich als een mier onder een vergrootglas. En hij was toch al niet zo'n liefhebber van school. De hele dag stilzitten en leren was niks voor hem. Het liefst zwierf hij buiten rond. Het duurde dan ook weken voor hij een beetje gewend raakte aan zijn nieuwe klasgenoten en zij aan hem, maar Teun was een uitzondering. Die was in de eerste pauze op hem afgestapt. Het had meteen tussen hen geklikt, zeker toen ze ontdekten dat ze allebei het liefste de hele dag door de bossen zwierven. Het was niet zo dat hij niet met zijn andere klasgenoten kon opschieten. Integendeel. Hij vond ze bijna allemaal erg aardig. Toch had hij het gevoel dat hij altijd méér zijn best moest doen om erbij te horen dan anderen. Aan de ene kant deed hij dat ook en was hij een echte uitslover. Al snel stond hij dus bekend als de grappigste jongen van de klas. Maar aan de andere kant haatte hij het dat hij niet helemaal zichzelf kon zijn. Als hij in zijn eentje door de groeve en de bossen zwierf dan was hij wél zichzelf. Ook bij Teun kon hij zichzelf zijn.

In het station, dat naast het rangeerterrein lag, stond een van de NS-medewerkers op en liep naar het raam. Terwijl hij naar buiten keek, riep hij zijn collega, die verantwoordelijk was voor het onderhoud van de treinen. 'Zeg Joep?'

'Ja?'

'Is er iets mis met die ouwe diesel? Je weet wel, de 228?'

'Nee, hoezo?'

'Nou, omdat ze ermee op en neer aan het rijden zijn. Een testrit zeker...'

'Nu nog?'

'Zo te zien wel.'

'Dat is raar. Ik weet van niks', zei Joep, terwijl hij opstond en ook naar het raam liep. 'Het is toch ook veel te laat om dat ding nu nog te testen. Nog even en dan is het donker. Welke machinist is dat eigenlijk?'

'Weet ik veel. Ik heb hem niet gezien.'

'Geef me die verrekijker eens.'

Kees gaf Joep de verrekijker. Die zette hem aan zijn ogen, stelde hem scherp en keek een paar seconden in de cabine.

'Het zijn twéé machinisten.'

'Twee machinisten?'

'Ja, ik tel er twee.'

'Twee machinisten om één trein uit te testen? Om half acht 's avonds? Hebben die gasten niets beters te doen op dit tijdstip?'

'Ze zijn wel klein zeg...'

'Hoe bedoel je?'

'Ik kan ze niet helemaal goed zien, maar het lijken wel twee kinderen.'

'Maar dan snap ik het al', zei Kees met een glimlach. 'Dat is vast een of andere jonge machinist die een locomotief laat zien aan zijn zoontje.'

Hij draaide zich om en wilde net terug naar zijn bureau lopen, toen Joep mompelde: 'Het zal toch niet waar zijn...'

'Wat is er?'

'Het lijkt echt alsof er twee kinderen in die cabine zitten!'

'Dat kan niet. Die weten echt niet hoe zo'n ding werkt. Ze krijgen de motor niet eens aan.'

Joep gaf de verrekijker aan Kees: 'Hier, kijk jij dan eens.'

Kees zette op zijn beurt de verrekijker aan zijn ogen, stelde hem scherp en keek twintig seconden lang ingespannen naar de locomotief. Opeens vloekte hij: 'Verdomd: je hebt gelijk! We moeten de spoorwegpolitie bellen en snel!'

Met een klap zette hij de verrekijker in de vensterbank. Hij greep de dichtstbijzijnde telefoon en begon te bellen.

Op hetzelfde moment deed Emre een voorstel aan zijn vriend: 'Elke keer dit stukje is niet meer leuk. Zullen we een wat langer stuk rijden?'

'Je wilt zeker op en neer naar Sittard', grapte Teun.

'Eerlijk gezegd zat ik daar net wel even aan te denken', zei Emre. 'Maar we weten helemaal niet wat we moeten doen als we in Sittard aankomen en weer terug moeten!'

'Rustig maar, rustig maar. Dat had ik ook al bedacht. Maar op dit rangeerterrein liggen ook langere stukken spoor dan dit. En we kunnen de wissel halverwege deze lijn gewoon met de hand omzetten om op zo'n langer stuk te komen.'

De jongens keken elkaar een paar tellen in stilte aan.

Er verscheen een kwajongensgrijns op het gezicht van Teun. 'Laten we het maar doen', zei hij toen.

'Oké, rij hem maar weer naar het begin. Dan gaan we daar die wissel omzetten.'

Teun stopte de trein, zette de schakelaar om en reed weer terug. Vlak voor de wissel stopte hij de trein opnieuw. De jongens sprongen uit de cabine in het grind tussen de rails. Ze liepen naar de wissel en gingen ernaast staan.

'Ik weet niet hoe zo'n ding werkt', zei Teun.

Emre pakte de hendel vast. 'Ik ook niet precies, maar ik heb het ze wel een paar keer zien doen. Volgens mij moeten we hieraan trekken.'

Hij trok eraan, maar kreeg er niet veel beweging in. 'Help me eens. Dat ding is best zwaar.'

Teun ging naast Emre staan en begon mee te trekken. Opnieuw gebeurde er weinig.

'Zit hij niet ergens vast? Voor de veiligheid?' vroeg Emre, terwijl hij zich over de wissel boog.

Teun keek met hem mee. 'Je hebt gelijk, daar zit een pin. Volgens mij moet die er eerst uit. Maar ik denk dat je daar een sleutel voor nodig hebt.'

Terwijl de jongens ingespannen bezig waren met hun pogingen de wissel om te zetten, maakte zich van het station een groepje mensen los. Het waren Joep, Kees en vier mannen van de spoorwegpolitie. Ze splitsten zich op in twee groepjes, die ieder via één kant van het rangeerterrein in de richting van de locomotief liepen. Achter de struiken en de bomen vielen ze nauwelijks op. Toen de mannen op ongeveer gelijke hoogte met de locomotief waren, begonnen ze de spoorlijnen over te steken. Ze liepen daarbij zo stil mogelijk van het ene naar het andere treinstel om zich erachter te verbergen. Kees en twee agenten waren op een gegeven ogenblik zo dicht bij de jongens dat zij zich openlijk konden laten zien. Ze stapten achter een wagon vandaan en renden op de jongens af.

Emre was de eerste die ze zag. 'Politie! Wegwezen!' schreeuwde hij. Hij draaide zich om en zette het op een lopen. Teun schrok verschrikkelijk en zonder na te denken, rende hij Emre achterna.

'Halt! Politie! Staan blijven!' schreeuwden de agenten, maar de jongens waren niet van plan om dat bevel op te volgen. Ze sprintten in de richting van het gat in het hek. Even dachten ze nog dat ze het op tijd zouden halen, totdat opeens Joep met de twee andere agenten voor hen opdook en ze de weg afsneed. 'Staan blijven, nu!'

De jongens stopten, keken paniekerig rond en zagen dat ze waren ingesloten. Ontsnappen was onmogelijk.

Op het bureau van de spoorwegpolitie deed Emre nog een poging de schade te beperken. 'Het was mijn idee. Laat mijn vriend alstublieft gaan.'

'Niks daarvan', zei de agent die hen had verhoord. 'Jullie zitten allebei fout.'

'Wilt u dan alstublieft onze ouders niet bellen? Anders krijgen we van hen ook nog straf.'

'Dat had je dan maar van tevoren moeten bedenken. Jullie ouders zijn trouwens al onderweg.'

'Maar eigenlijk hebben we niks gedaan! We hebben niets kapot gemaakt of gestolen en we hebben niemand pijn gedaan.'

'Dat had er nog bij moeten komen. Jullie weten drommels goed dat het verboden is in een locomotief van de Nederlandse Spoorwegen te gaan rijden als je geen machinist bent.'

Emre zuchtte diep. Dit zag er niet goed uit.

Er werd op de deur geklopt en een andere agent stapte binnen. 'Hun ouders zijn er', zei hij.

'Breng ze maar naar binnen.'

Met boze gezichten stapten de ouders van Teun en de vader van Emre de verhoorruimte binnen. Niemand zei iets. De jongens durfden hen niet aan te kijken.

De politieman wees naar de lege stoelen: 'Gaat u maar naast hen zitten.'

Nadat de ouders plaats hadden genomen, zei hij: 'We hebben uw zonen het afgelopen uur verhoord. U weet inmiddels wat er is gebeurd. Kennelijk heeft Emre op internet en in bibliotheekboeken gelezen hoe je een oude dieseltrein in beweging moet zetten. Ze hebben er een paar keer mee op en neer gereden en stonden zelfs op het punt een wissel om te zetten. Het is echt ontzettend gevaarlijk wat ze hebben gedaan. Ze hadden gemakkelijk een ongeluk kunnen veroorzaken...' De agent zweeg even om de ernst van de situatie tot iedereen door te laten dringen.

De vader van Teun schraapte zijn keel en nam het woord.

'Wat gaat er nu gebeuren?'

'Ik ga een rapport schrijven. Dat gaat naar de officier van justitie. Ongeveer een maand later ontvangt u een dagvaarding. Daarin staat wanneer de jongens voor de kinderrechter moeten verschijnen. De rechter bepaalt na de zitting welke straf zij krijgen.'

Emre en Teun keken elkaar verschrikt aan. Straf!? Hun ouders dachten hetzelfde. Straf!?

De politieman leek hun gedachten te raden en vervolgde: 'U vraagt zich natuurlijk af welke straf dat zou kunnen zijn... Van alles eigenlijk. Een tijdje naar een jeugdinrichting, een fikse boete of een taakstraf. Of een combinatie daarvan.'

Emre slikte zwaar. Een jeugdinrichting? Dat was toch een soort gevangenis? Dat zou hij nooit aankunnen. Hij werd al gek als hij thuis een uur op zijn kamer moest blijven zitten om zijn huiswerk te maken. En dan stond de deur nog open ook.

Zijn vader dacht kennelijk hetzelfde. 'Een jeugdinrichting is toch een soort gevangenis? Gaat dat niet een beetje ver?' vroeg hij voorzichtig.

'Misschien wel', zei de politieman. 'Het is trouwens geen echte gevangenis. Het is meer een opvoedingskamp, een gesticht. Maar ik weet niet of het daarop zal uitdraaien. Gelukkig hebben ze allebei nog geen strafblad. De jeugdinrichting is meer iets voor jonge criminelen, voor kereltjes die al heel vaak over de schreef zijn gegaan. Hopelijk voor u en voor hen blijft het dus bij een boete of een taakstraf. Drie maanden elke dag een uur treinen schoonmaken bijvoorbeeld, maar ik weet het niet. De rechter beslist, niet ik.'

Weer viel er een stilte. De agent keek de kring rond. 'Dat was het dan. Als u verder geen vragen meer heeft, mag u gaan. U hoort vanzelf hoe het verder loopt.'

Iedereen stond op. De ouders van Teun en de vader van Emre gaven de politieman een hand. Terwijl ze naar buiten liepen, zag Emre aan de boze rug van zijn vader dat er zware tijden aankwamen.

3

Eindelijk was het dan zover. Het was vrijdag 12 oktober 2007. Morgen begon de herfstvakantie. In de gang stonden de koffers en tassen klaar die zijn ouders en zusje mee zouden nemen. Ze vlogen de volgende ochtend. Als ze nergens vertraging zouden hebben, zouden zijn ouders en zus rond een uur of vijf bij zijn opa en oma aan de thee zitten, Turks fruit eten en cadeautjes aan elkaar geven. Emre moest even slikken bij de gedachte dat hij dat moest missen, ook al zou hij de komende twee weken zo vrij zijn als een vogeltje.

Met hun ritje in de locomotief hadden Emre en Teun de krant gehaald. Niet alleen de stadskrant van Maastricht en *Dagblad de Limburger*, maar óók alle landelijke kranten. In *De Telegraaf* had zelfs een foto gestaan van de locomotief. Dat was natuurlijk geweldig, maar Emre had gemengde gevoelens overgehouden aan die stunt. De gevolgen daarvan waren niet mals geweest. De kinderrechter had precies de taakstraf opgelegd die de agent op het politiebureau had voorspeld. Drie maanden lang moesten Teun en hij zich elke dag na school op het station melden om een uur lang mee te helpen met het schoonmaken van de treinen. Geen jeugdinrichting en geen boete, gelukkig, maar leuk was het niet.

Zijn ouders hadden die straf nog wat verzwaard. Behalve op school en daarna op het station mochten hij en Teun elkaar niet zien. Maar het ergste was nog dat hij in de herfstvakantie niet mee naar Turkije mocht.

Hij herinnerde zich het gesprek met zijn vader en moeder nog goed.

'Deze herfst ga je niet mee naar je opa's en oma's', had zijn vader aan het einde van zijn donderpreek tegen hem gezegd.

Heel even was Emre met stomheid geslagen geweest. Maakte zijn vader een geintje? Maar toen had hij aan zijn ogen gezien dat die bloedserieus was.

'Niet mee!? Niet mee!? Ik ga zeker mee! Jullie kunnen me hier toch niet alleen achterlaten? Dat mag helemaal niet!'

'We laten je ook niet alleen achter. Kemal komt hierheen.'

Kemal was zijn neef uit Rotterdam. Emre was gek op hem, maar nog meer op Turkije en zijn opa's en oma's.

'Maar ik wil niet hier blijven! Ik wil naar Karaman.'

'Dat begrijp ik, maar...'

Emre had hem niet uit laten praten: 'Neem me dan mee!'

'Nee. Jij blijft voor straf hier. En om op te passen. Met Kemal.'

'Om op te passen?'

'Ja, om de boel te bewaken. Zodat niemand hier dingen komt stelen of slopen, zoals vorig jaar. Dan hoeven we daar tenminste niemand voor in te huren.'

'Waarom moet ik oppassen? Waarom doe jij dat niet? Dan ga ik wel met mama en Hande naar Turkije.'

'Wie heeft er nou straf nodig? Jij of ik? Volgens mij reed jij in die locomotief en niet ik!'

'Maar ik ben toch al genoeg gestraft! Ik heb drie maanden lang treinen schoongemaakt!'

Zijn vader negeerde zijn verontwaardiging. 'Bovendien moet ik wat dingen regelen. Het huis van je opa en oma in Karaman krijgt een nieuw dak. Je grootouders zijn te oud om dat zelf te doen en jij kunt dat nog niet.'

Emre besefte dat hij de beslissing van zijn ouders niet meer kon veranderen. Het huilen had hem nader gestaan dan het lachen en honderden gedachten waren door zijn hoofd geschoten.

'Hoe lang zijn jullie dan weg?'

'De hele herfstvakantie. We kunnen natuurlijk niet weggaan als jij geen vrij hebt.'

'Wie kookt er voor me?'

'Kemal.'

En daarmee eindigde het gesprek.

De dagen erna was Emre kwaad geweest. Niet naar Turkije. Niet naar zijn familie. Niet naar de bergen en niet naar de zee. Dat was geen straf meer, dat was kindermishandeling! Maar op een gegeven moment drong tot hem door dat dit een buitenkansje was. Twee weken lang geen ouders om hem heen! Twee weken lang van 's ochtends vroeg tot 's avonds laat rondzwerven en doen wat hij wilde. Zijn neef vond toch alles goed. Het was eigenlijk helemaal geen straf dat hij niet mee naar Turkije mocht. Het was een cadeautje!

Emre woonde met zijn ouders en zusje Hande boven op de Observant, een berg bij Maastricht. Het uitzicht vanaf de Observant was geweldig. Langzaam maar onverstoorbaar stroomde de Maas langs de voet van de berg naar het noorden. Over de brede rivier voeren dag en nacht vrachtschepen. Als je langs de Maas naar het zuiden keek, in de richting van Luik, dan doemden aan de horizon de heuvels van de Ardennen op. Keek je over de riviervallei naar het oosten, dan zag je daar de bossen, heuvels en dorpjes van Zuid-Limburg. Belgisch-Limburg, in het westen, was verrassend vlak. In de verte staken daar de schoorstenen van een of andere fabriek hoog in de lucht.

Eigenlijk was de Observant geen natuurlijke berg. Het was een kunstmatige berg boven op een echte berg, de Sint-

Pietersberg. Een soort van puist op een neus. Onder de Sint-Pietersberg lag heel veel mergel, een zachte kalksteen die vooral gebruikt wordt om cement te maken. Om bij die mergel te komen, werd de berg afgegraven en zo ontstond er een groeve. De grond die niet nodig was, werd naast de mergelgroeve opgehoopt. Die hoop werd in de loop van de tijd een heuvel en de heuvel werd een berg, de Observant. Gaandeweg waren de steile hellingen van de berg begroeid geraakt en was daarop een dicht bos ontstaan. Door dat bos kronkelde een moeilijk begaanbaar pad, de enige weg om op de top van de Observant te komen.

Op de familie Diri na woonde niemand op de Observant. De dichtstbijzijnde huizen stonden in Kanne, een Belgisch dorpje vlak over de grens. Weinig Nederlanders woonden zo afgelegen en moeilijk bereikbaar als de familie Diri. Maar er waren ook maar weinig Nederlanders die zo mooi woonden.

De vader en moeder van Emre, Metin en Su Diri, waren in Rotterdam geboren en opgegroeid. Ergens in de jaren zestig waren de ouders van zijn vader vanuit Karaman, een stad in Turkije, naar Nederland geëmigreerd. De ouders van zijn moeder kwamen ook uit die buurt. Emres opa's hadden allebei tot hun pensioen in de haven gewerkt. In 1995 verhuisden al zijn grootouders weer naar Turkije, maar Emres ouders waren niet mee teruggegaan. Die voelden zich te veel thuis in Nederland, ook al hielden ze nog zoveel van het land waar hun ouders vandaan kwamen.

Voordat ze naar Maastricht verhuisden, had Emres vader ook in de haven gewerkt. Als kraanmachinist in de ploegendienst. De ene week was hij 's nachts aan het werk, de andere week overdag. Het ene na het andere schip vol zeecontainers haalde hij leeg en de lege schepen laadde hij vervolgens weer vol. Hij had het best leuk werk gevonden. Urenlang zat hij in zijn eentje in de cabine van de hijskraan, hoog boven de grond, radio aan. In de pauzes keek hij dan om zich heen en genoot hij van het uitzicht over de haven, Rotterdam en de polder. Terwijl hij thee dronk en een *mayali* at, een plat Turks broodje, besefte hij hoe druk de wereld onder hem was en hoe rustig hij het daarboven had. Toch was hij het na een jaar of zeven zat geweest om dag en nacht op een hijskraan te werken. Hij was op zoek gegaan naar iets anders. Iets bijzonders, iets waarmee hij goed kon verdienen en genoeg tijd overhield voor andere dingen. Ook moest het iets zijn waarbij hij zijn eigen baas kon zijn. Zijn vrienden en familieleden waren met het ene na het andere idee gekomen en telkens had hij bijna hetzelfde antwoord gegeven.

'Begin een Turkse supermarkt!'

'Turkse supermarkten zijn er al genoeg.'

'Begin een snackbar!'

'Snackbars zijn er al genoeg.'

'Ga met kleding op de markt staan!'

'Kledingkraampjes zijn er al genoeg.'

Een van zijn vrienden was op een gegeven moment boos geworden.

'Zeg Metin... Wil jij eigenlijk wel van die hijskraan af?'

'Ja natuurlijk! Hoezo?'

'Nou, wat we ook voor je verzinnen, niets is goed genoeg.'

'Ik wil gewoon iets gaan doen wat niet iedereen doet.'

'Trek dan een glitterpakje aan en ga kunstschaatsen', riep de vriend boos uit.

'Alleen als jij mijn danspartner wordt!' reageerde Metin.

Nadat ze uitgelachen waren, had Emres vader gezegd: 'Serieus, Erol. Ik ga alleen van die kraan af als ik iets heb wat ik helemaal zie zitten.'

Hij had gezocht en gezocht, maar niets gevonden. Na een paar maanden was niemand meer met ideeën gekomen en durfde niemand meer naar zijn plannen te vragen. Toen, op een avond, was de telefoon gegaan.

'Met Metin.'

'Met Musa Yilmaz.'

'Hallo.'

'Hallo. Je kent me niet, maar ik ben een neef van een tante van je moeder. Ik woon ook in Nederland, in Maastricht. Maar mijn tante woont in Karaman, net als jouw moeder.'

'Oké. Leuk...' reageerde Metin een beetje afwachtend.

'Je vraagt je natuurlijk af waarom ik bel.'

'Om heel eerlijk te zijn wel, ja.'

'Ik hoorde via mijn tante dat jij een eigen bedrijfje wilt starten en dat het iets bijzonders moet zijn.'

'Dat klopt, ja.'

'Misschien heb ik iets voor je.'

'Dat zou mooi zijn! Waar gaat het om?'

'Het gaat om mijn bedrijf in Maastricht. Dat wil ik verkopen. Ik ben bijna 65 en wil terug naar Turkije.'

'Wat voor bedrijf is dat dan?' Metin zag de bui alweer hangen: het zou toch niet weer over de zoveelste winkel gaan...

'Moeilijk te zeggen. Het bedrijf heet 'De Levant'. Ik heb een boot, een kabelbaan, een uitkijktoren en een speeltuin. Nou ja, een speeltuin... het is meer een klein pretparkje. Met de boot vaar ik op en neer naar het Bassin, een kleine binnenhaven in Maastricht. Daar kunnen mensen instappen en dan vaar ik met ze over de Maas naar een kade onder aan de Sint-Pietersberg. Van daaruit breng ik ze met een kabelbaan naar de top van de Observant. Boven op die berg heb je een heel mooi uitzicht.

Maar er staan ook wat bomen die het vrije uitzicht belemmeren, dus heb ik ooit een toren van ongeveer twaalf meter hoog laten bouwen. De mensen kunnen die dan beklimmen en als ze boven zijn, hebben ze een nog mooier uitzicht. Verder heb ik een klein restaurantje en een grote speeltuin, waarin een tent met botsauto's staat. Veel mensen die komen, blijven een hele middag en eten en drinken wat, zeker als de zon schijnt. Met die speeltuin hebben hun kinderen dan ook wat te doen. O ja: er staat ook nog een huis, waarin ik met mijn vrouw woon. Het bedrijf loopt als een trein. Maastricht barst in de weekeinden en vakanties uit zijn voegen van de toeristen en die vinden dit geweldig. De Hollanders al helemaal, want die zijn alleen maar platte polders gewend. Ik ben open van maart tot en met september. In die tijd verdien ik meer dan genoeg voor het hele jaar. Daarna heb ik een paar maanden vrij.'

Het duizelde Metin. 'De Observant?' vroeg hij verbluft. Hij had er nog nooit van gehoord.

Hij had sowieso duizend-en-een vragen gehad. Hij was zelfs nog nooit in Maastricht geweest. Maar één ding had hij meteen geweten: dit was precies wat hij al die tijd had gezocht.

Sinds dat telefoontje woonde de familie Diri al meer dan vijf jaar op de Observant. Vanaf het moment dat zijn vader het bedrijf van Musa had overgenomen, was het beter en beter gegaan. In de loop der jaren had hij wat extra dingen gedaan met De Levant. Zo kon je in het restaurant nu ook van april tot en met september's avonds eten. Verder had zijn vader de speeltuin vernieuwd en de uitzichttoren gerenoveerd. Emres ouders werkten van 1 april tot 1 oktober keihard. Daarna ging De Levant vijf maanden dicht en hadden ze tijd om een beetje bij te komen. Ze werkten dan nog wel, maar niet meer dag en nacht. Terwijl zijn vader zich bezighield met het onderhoud van de boot, de kabelbaan, de speeltuin, de toren, het restaurant en de woning, deed zijn moeder de achterstallige post en bereidde ze het nieuwe seizoen voor. In die maanden gingen ze ook een paar keer naar Turkije, naar Emres opa's en oma's. Emre en Hande moesten dan natuurlijk ook vrij hebben, dus meestal gingen ze in de herfstvakantie, rond Oud en Nieuw en in de krokusvakantie. Na de krokusvakantie duurde het nog maar een paar weken voor het seizoen weer begon en konden ze niet meer weg tot het weer oktober was.

Als Rotterdammers hadden Emres ouders erg aan Maastricht en de Limburgers moeten wennen, maar na een paar jaar voelden ze zich er helemaal thuis en zouden ze nooit meer ergens anders willen wonen. 'Als ik heimwee krijg en het me te veel wordt, dan spring ik met een vlot in de Maas en drijf ik zo naar Rotterdam', grapte zijn vader altijd.

Voor Emre en Hande was de Observant een paradijs. Het maakte niet uit of de zon scheen of het regende, ze waren de hele dag buiten. Met een speeltuin, een kabelbaan, een bos en een uitkijktoren naast de deur was het ook onmogelijk binnen te blijven, weer of geen weer.

Emre en Hande leken niet veel op elkaar. Dat hun karakters veel van elkaar verschilden, kon je ook goed zien aan hun prestaties op school. Hande was rustig en een beetje verlegen. Ze had geen enkele moeite met opletten en haar cijfers waren altijd heel hoog, elk rapport opnieuw. Emre echter beschouwde stilzitten als een marteling. Vaak kon hij zijn aandacht niet bij de les houden en zat hij te dromen of naar buiten te kijken.

Dom was hij niet, maar hij was te onrustig om de hele dag op te letten. Elk rapport waren zijn cijfers slecht. Alleen aan het einde van het jaar deed hij een beetje zijn best. Niet omdat hij het dan opeens belangrijk vond om goede cijfers te halen, maar om te voorkomen dat hij zou blijven zitten. Hij wilde per se bij Teun in de klas blijven. Jaar na jaar ging hij met de hakken over de sloot over.

Door zijn zucht naar avontuur en behoefte om leuk gevonden te worden raakte hij meer dan eens in de problemen, maar nooit eerder was hij zo zwaar gestraft als na de stunt met die locomotief. De taakstraf zat er al lang op, maar de straf die zijn vader hem had opgelegd, begon pas morgen als zijn ouders en zusje zonder hem naar zijn opa's en oma's in Turkije gingen.

Officieel was het al lang herfst. De bomen waren al aan het kleuren en 's nachts koelde het behoorlijk af. Maar dit jaar leek het wel alsof de zomer niet van wijken wilde weten. De zon scheen al drie weken achter elkaar. Door het mooie weer kon je nog de hele dag buiten zijn. Met een trui aan zelfs 's avonds.

Emre zat op de veranda een stripboek te lezen, toen zijn vader een laatste koffer in de gang zette, zijn *saz* pakte en naast hem kwam zitten. Metin beheerste dit instrument, dat meer op een luit dan op een gitaar leek, als geen ander. Hij sloeg een paar snaren aan en begon te spelen. Een oud Turks lied, rustig en een klein beetje treurig, maar heel mooi. Terwijl de zon vuurrood onderging, luisterde Emre naar zijn zingende vader.

4

Juul stond naar buiten te kijken en zag hoe haar broertjes thuis kwamen. Het was een prachtige herfstdag. De zon scheen. Aan de kleren die ze droegen, kon ze zien dat het best warm was voor de tijd van het jaar: ze hadden T-shirts aan. De jongens gingen naar binnen en even later hoorde ze hen aan de achterkant van het huis weer naar buiten gaan, de tuin in. Ze ging naar haar slaapkamer en zag hoe ze op hun blote voeten door het gras liepen, een voetbal pakten en naar elkaar over begonnen te trappen. Plotseling merkte ze hoe graag ze mee zou willen doen. Hoe graag ze ook de grassprietjes onder haar blote voeten zou willen voelen kriebelen, een trap zou willen geven tegen het harde leer van de bal, de warmte van de zon op haar gezicht zou willen voelen. Het verlangen was zo intens dat het pijn deed. Maar het mocht niet. Het ging niet eens. Zeker niet in de herfst, als er van alles door de lucht zwierf waar ze absoluut niet tegen kon.

Ze wendde haar gezicht af, ging op haar bed zitten en keek naar de muur tegenover haar. Er hing van alles, posters, tekeningen, schilderijtjes, maar ze zag niets.

Nadat Juul was geboren, werd al snel duidelijk dat er iets mis was. Ze hoestte heel veel. Haar ademhaling piepte en vaak had ze het zo benauwd dat het leek alsof ze stikte. De artsen stelden vast dat ze aan een zware vorm van astma leed. Zo zwaar dat een gewone jeugd uitgesloten leek. Toch groeide ze redelijk normaal op, dankzij de medicijnen die de doktoren voorschreven. Tot haar tiende deed Juul dan ook bijna alles wat de andere kinderen ook deden: ze fietste iedere dag naar school, speelde buiten met haar broertjes, ging de stad in of bracht een dagje door aan het strand.

Maar tegen haar tiende werd de astma steeds erger. De slijmvliezen in haar luchtwegen waren nu niet alleen in de lente en de herfst ontstoken, maar het hele jaar door. Ze had constant het gevoel alsof er een olifant op haar borst zat. Als ze maar even iets sneller bewoog of zich ergens druk om maakte, raakte ze meteen buiten adem.

De artsen probeerden van alles, maar haar lichaam werkte niet meer mee. Hoe het kwam dat de astma verergerde, wist dokter De Boer niet zeker. 'We zien wel vaker dat astma gedurende het leven toeneemt of juist vermindert', zei hij. 'Bij sommigen verdwijnt het zelfs. Anderen krijgen het pas op latere leeftijd...' Maar hij had wel een theorie over waarom de astma van Juul steeds erger werd. 'Ik denk dat het de luchtvervuiling is. Leiden ligt tussen twee snelwegen en onder verschillende aanvliegroutes van Schiphol. Het auto- en vliegverkeer neemt steeds meer toe. Voor gezonde mensen zijn uitlaatgassen al niet goed, laat staan voor astmapatiënten. Er gebeurt ook veel te weinig om auto's en vliegtuigen schoner te maken!'

Hij stond op, liep naar zijn raam en keek somber naar buiten.

'En dan heb je ook nog die industriegebieden om ons heen. Bij wind uit het zuiden waait de rotzooi van de Rotterdamse en Antwerpse haven deze kant uit. Bij wind uit het oosten trekt de rook van het Duitse Ruhrgebied over ons heen. Nou hebben we hier vaak wind uit het westen, maar sommigen zeggen dat je als astmapatiënt ook last kan krijgen van het fijne zout dat in die zeewind zit.'

'Moeten we dan naar Limburg of Drenthe verhuizen?' had de vader van Juul hem gevraagd.

'De luchtvervuiling is in de Randstad inderdaad het ergst, maar eigenlijk is het overal in ons land een probleem. Op een aantal grote steden in het buitenland na zijn er niet veel plaatsen in de wereld waar de luchtvervuiling zo erg is als in ons land. Dan kan je beter emigreren. Naar een bosrijk land met hoge bergen... Zwitserland of Noorwegen of zo.'

'We gaan echt niet weg uit Leiden, hoor', had Juul geroepen. 'Dat willen mijn broertjes en ik niet.'

'Als het moet, dan moet het, Juul. Zo gaat het niet meer. De aanvallen worden langzaam echt gevaarlijk. Het afgelopen jaar heb je al tien keer in het ziekenhuis gelegen. Het kan een keer misgaan', zei haar vader. 'Kunnen we dan helemaal niks doen? Iets waarbij Juul niet de hele tijd in het ziekenhuis hoeft te liggen. Iets waarbij we gewoon zoveel mogelijk bij elkaar kunnen zijn, thuis in Leiden?' had de moeder van Juul gevraagd. 'Jawel. Er is een oplossing denkbaar, maar dat wordt niet gemakkelijk...' 'Maakt niet uit. Het is nu ook al niet gemakkelijk, dus laat maar horen', had haar vader gezegd.

Juul was nu twaalf. Sinds het gesprek met de dokter was er bijna twee jaar verstreken. Heel veel beter dan toen ging het niet met haar. Maar het was ook niet slechter geworden en als ze toen niks hadden gedaan, was ze nu echt doodziek geweest. Dan had ze als een kasplantje in een of ander ziekenhuisbed gelegen. Of had ze het grootste deel van het jaar in een sanatorium in de Zwitserse Alpen gezeten. Nu was ze gewoon in Leiden blijven wonen, in hetzelfde huis als waar ze altijd had gewoond. Daar was wel een flinke verbouwing van de zolder voor nodig geweest. Voor die tijd had de familie die nauwelijks gebruikt, behalve als opslagruimte. De koffers, kisten en dozen die er hadden gestaan, stonden nu in een nieuwe schuur in de tuin. Die had haar vader eerst gebouwd. Vervolgens had hij twee dakkapellen laten bouwen, één voor en één achter. Daarna had hij de zolder opgedeeld in vier ruimten: een kleine hal boven aan de trap, een slaapkamer die uitkeek op de achtertuin, een woonkamer met uitzicht op de huizen en de kerk aan de overkant van de straat en een badkamer.

De zolder was verschrikkelijk goed geïsoleerd. De ramen konden niet open. In plaats daarvan was er een klimaatsysteem. Dat systeem ververste de lucht op een heel speciale manier. De lucht die van buiten naar binnen werd gezogen, werd eerst gefilterd, daarna werd er extra zuurstof aan toegevoegd en dan werd het pas de kamers ingeblazen. Verder werd het nooit te warm of te koud op de zolder. Overdag was het er 21 graden.'s Nachts 15.

Boven aan de trap zat een speciale schuifdeur, die na een druk op een rode knop automatisch openging. Na die schuifdeur kwam je in een kleine cabine. Daar moest je opnieuw op een knop drukken. Na een aantal seconden ging dan de volgende schuifdeur open. Intussen was de 'vieze' lucht uit de cabine gezogen en was er schone lucht in geblazen. Zo was de zolder eigenlijk één grote zuurstoftent geworden.

Na de verbouwing was Juul boven gaan wonen. Ze kwam nog maar een paar keer per week van de zolder af. Dan ging ze bijvoorbeeld naar beneden, naar de huiskamer of de keuken, gewoon om even ergens anders te zijn. Naar buiten ging ze nog maar zelden. Hoogstens stond ze een paar minuutjes in de tuin naar haar spelende broertjes te kijken en dan ging ze snel weer naar boven. Frisse lucht halen.

Omdat ze niet meer naar school toe kon gaan, kreeg ze les via de computer. Haar leraar had in het klaslokaal twee camera's met microfoons opgehangen. Eén camera was op hem gericht en één op de klas. Haar beeldscherm was zo ingedeeld dat ze in een kleine hoek altijd kon zien wat er in de klas gebeurde, terwijl de meester les gaf. Bij haar bureau thuis hingen ook een camera en een microfoon. Die stonden weer in verbinding met een scherm en luidsprekers in de klas. Haar leraar en klasgenoten konden haar dus altijd zien – en andersom – en ze konden ook met elkaar praten. Als de meester een vraag stelde, gaf hij trouwens best vaak de beurt aan Juul, misschien wel om haar zoveel mogelijk bij zijn lessen te betrekken. Natuurlijk zag Juul haar vriendjes en vriendinnetjes niet echt, natuurlijk kon ze in de pauzes niet met hen het schoolplein op, natuurlijk mocht ze niet mee op schoolreisjes... Het was allemaal niet hetzelfde als echt naar school gaan, maar veel beter dan dit kon het niet.

Gelukkig kreeg Juul veel bezoek. Het familieleven speelde zich ook bijna helemaal op zolder af. Haar broertjes zaten vaak bij haar, als ze binnen waren. Daar hadden ze iets meer vrijheid dan beneden, waar mama een oogje in het zeil hield. 's Avonds at de hele familie op zolder en keken ze er even tv of deden ze een spelletje.

Haar klasgenoten vonden het leuk bij haar. Soms zeiden ze zelfs dat ze ook best zo wilden wonen. 'Je hebt een eigen appartement! Dat is toch geweldig?'

Juul werd heel kwaad als iemand zoiets zei, al liet ze het bijna nooit merken. Wat dachten ze wel? Dat ze bevoorrecht was, omdat ze zo leefde? Je kunt in het mooiste paleis ter wereld wonen, maar als je niet naar buiten mag, is het niets anders dan een luxegevangenis. Soms stond ze uren bij het raam naar buiten te kijken. Naar de spelende kinderen op straat. Naar de wolken. Naar de fietsers en voetgangers, op weg naar huis of hun werk. Naar de bomen, de vogels... Zelfs naar de auto's en dan verzon ze de mooie plekken waar ze naartoe reden.

5

Dokter De Boer had het al gezegd: dat Juul steeds zieker werd, kwam waarschijnlijk door de luchtvervuiling. Jaar na jaar werd die erger. Eeuwenlang – en vooral de laatste honderd jaar – had de mens ongestraft zijn rotzooi in de atmosfeer gepompt. De rook van de houtkacheltjes en de fabrieken, de uitlaatgassen van auto's en vliegtuigen, het kwam allemaal in de lucht terecht. Tegelijkertijd verdween een groot deel van de bossen, terwijl bomen juist in staat zijn de lucht een klein beetje te verversen.

Vooral de laatste tijd was het snel gegaan. De emmer was overgelopen. Opeens was duidelijk geworden dat de natuur de roofbouw niet meer aankon. Door de grote luchtvervuiling steeg de temperatuur op aarde snel. Dat broeikaseffect zorgde ervoor dat het klimaat overal veranderde. Planten en dieren stierven uit, de ijskappen en gletsjers begonnen te smelten, woestijnen werden steeds groter, tropische ziekten staken de kop op in gebieden waar ze nooit eerder voorkwamen, oogsten mislukten en het weer gedroeg zich steeds extremer.

Juul had veel belangstelling voor luchtvervuiling en klimaatverandering. Ze hoopte dat iemand ingreep, zodat ze ooit weer naar buiten kon. Alles wat over het onderwerp op televisie kwam, volgde ze met speciale belangstelling. Deze zomer was het eindelijk tot de wereld doorgedrongen dat de situatie echt uit de hand begon te lopen. Vlak achter elkaar gebeurden drie rampen.

1. Uit het journaal van 19 juni 2007:

Beeld:
Een herdersjongen uit Ecuador staat aan de voet van een berg. Hij kijkt naar de plek waar gisteren nog het Indiaanse dorp lag waarin hij woonde. Nu staat er niets meer. Geen huis, geen kerk, geen boom, niets. Alles is verwoest, weggesleurd en bedolven door een stroom van modder, water en rotsen. Op sommige plekken ligt de aarde 12 meter hoog. De berg, waartegen het dorp lag, ziet er raar uit. Een groot stuk ervan is losgeraakt en naar beneden geschoven. De plek waar het stuk eerst lag, lijkt op een grote, gapende wond. De berg heeft niet alleen het dorp vernietigd, maar ook een deel van zichzelf.

Verslag:
Reddingswerkers proberen met man en macht overlevenden te vinden. Na 24 uur zoeken hebben ze nog geen enkel teken van leven

gevonden. Wel hebben ze met veel moeite 71 lijken uit de modder gehaald. Het ziet er steeds meer naar uit dat iedereen dood is en dat verder zoeken geen zin heeft. In San Marcos woonden meer dan drieduizend mensen. Een aantal inwoners, onder wie de herdersjongen, was niet thuis toen de berg naar beneden schoof. Die hadden geluk. Maar wat is geluk, als je je familie en je huis kwijt bent? De modderstroom is veroorzaakt door de grote hoeveelheid neerslag van de afgelopen maand. Weerkundigen denken dat de overvloedige regen te maken heeft met het broeikaseffect.

2. Uit het journaal van 5 juli 2007:

Beeld vanuit een helikopter:
Een kapotte, Oostenrijkse stuwdam en door een vloedgolf verwoeste dorpen.

Verslag:
Plotseling brak een groot deel van de gletsjer Floitenkees af. Een enorme ijsmassa schoof naar beneden en gleed het Schlegeisstuwmeer in. De dam kon de druk niet aan en begaf het. In het dal veranderde de rivier de Ziller in een razende vloedgolf, die alles en iedereen met zich mee sleurde. De stadjes en dorpjes aan de rivier

werden overspoeld. Vooral Finkenberg en Schwendau werden zeer zwaar getroffen.

Naar schatting stierven in korte tijd 2100 mensen. Onder hen bevonden zich veel toeristen. Tientallen van hen brachten juist een bezoek aan de stuwdam, toen die instortte.

Op het moment dat de gletsjer het begaf, was een groep van ongeveer dertig Nederlanders daar bezig met een cursus bergbeklimmen. Van hen is nog geen teken van leven vernomen.

Al langer werd gewaarschuwd voor een ramp als deze. Door het broeikaseffect stijgt de gemiddelde temperatuur op aarde snel. Veel gletsjers beginnen te smelten en worden daardoor instabiel.

3. UIT HET JOURNAAL VAN 23 JULI 2007:

Beeld:
Onder witte lakens liggen lichamen op een rijtje. Het zijn lijken van brandweermannen en burgers. Door de rookwolken boven de brandende heuvels vliegen blusvliegtuigen en helikopters. Brandweerwagens en ambulances rijden af en aan. Automobilisten rijden voorbij, allemaal dezelfde kant op. Iedereen wil zo snel mogelijk, zo ver mogelijk weg van het vuur. Paniek staat in hun ogen.

Verslag:
De brandweer vecht al een week tegen de grootste bosbrand in de Griekse geschiedenis. Inmiddels zijn tweeduizend brandweerlieden en vrijwilligers dag en nacht bezig met het bestrijden van het vuur. Daarbij zijn tot nu toe 34 brandweermannen en 118 burgers om het leven gekomen. Door de harde wind en de droogte blijft de bosbrand zich uitbreiden. Het vuur rukt steeds meer op in de richting van Athene. Duizenden huizen zijn al verwoest en tienduizenden mensen zijn op de vlucht geslagen. De regering weet nog niet hoe de brand is ontstaan. In Griekenland zijn bosbranden niet ongewoon. Maar het worden er ieder jaar meer en telkens zijn ze heviger. Deskundigen wijzen erop dat het land steeds meer verdroogt, omdat er ieder jaar minder regen valt. Vermoedelijk komt dat door de klimaatverandering en het broeikaseffect.

***

Op 10 augustus 2007 kwamen de milieuministers van dertig landen in Genève bij elkaar. Ze gingen vijf dagen praten over klimaatverandering. Alle landen waren het erover eens dat de aarde ziek was én dat ze door mensen ziek was gemaakt. Er moest nu echt een keer iets gebeuren vóór het te laat was.

De ministers zaten verspreid over de stad in luxehotels. Na een nachtje slapen, verzamelden zij zich in de ochtend van 11 augustus 2007 in het gebouw van de Verenigde Naties. De voorzitter opende de eerste vergaderdag met een vlammende toespraak. 'Als het zo doorgaat, zullen er binnenkort meer mensen sterven door klimaatverandering dan door oorlogen', zei hij. 'Op de deelnemende landen rust daarom de plicht de wereld weer gezond te maken. Voor ons, onze kinderen en hún kinderen.'

Nadat het applaus was weggestorven, begon de vergadering.

Vier dagen later was er nog nauwelijks iets bereikt. Er was alleen maar ruzie gemaakt. Wat het ene land voorstelde, wilde het andere niet en andersom. Iedere dag verzamelden zich tienduizenden demonstranten voor het gebouw van de Verenigde Naties. De eerste dag waren ze hoopvol gestemd. Nooit eerder was er zoveel kans geweest op een goed klimaatverdrag. Maar hun teleurstelling groeide met de dag. Gebeurde nu hetzelfde als al die keren daarvoor? Veel gepraat, maar geen doeltreffende maatregelen? Na vier dagen zonder resultaten waren ze zo kwaad dat ze het gebouw wilden bestormen. De politie moest ingrijpen en zware rellen volgden. Ook de mensen thuis, die de journaals zagen en de kranten lazen, begrepen niet waarom hun ministers geen goede afspraken konden maken. Waren ze dan alle rampen van de afgelopen maanden en jaren vergeten? Waar bleven ze nou met hun mooie praatjes? De vijfde en laatste dag moest dus succes opleveren. Alle ministers waren zich daarvan bewust. Als ze met lege handen thuis zouden komen, zouden ze in de problemen komen. Binnen drie uur had iedereen voor de invoering van roetfilters op fabrieksschoorstenen gestemd. Maar in 2015, niet in 2010. Zes uur later werden ze het ook eens over de afschaffing van steenkool als brandstof. Vanaf 2020 was het gebruik daarvan verboden. Daarna waren de auto's aan de beurt.

'Canada stelt voor dat de productie en het gebruik van fossiele brandstoffen voor auto's vanaf 2018 worden verboden. Dat betekent dat alle auto's vanaf 2018 op waterstof, elektriciteit of andere schone stoffen moeten rijden', zei de voorzitter. 'Ieder land krijgt nu de kans op dit voorstel te reageren. Daarna schors ik de vergadering voor een uur. Tijdens die pauze kunnen landen met elkaar overleggen. Om half twaalf vanavond komen we dan weer bij elkaar voor de definitieve stemming.'

Nederland was als tiende land aan de beurt voor een reactie. 'Wij zijn het eens met het voorstel van Canada', zei minister

De Vries. 'Holland kampt met een grote luchtvervuiling. Als de auto's schoon worden, zou dat heel goed zijn.'

Nadat alle dertig landen hun mening hadden gegeven, werd duidelijk dat het voorstel grote kans maakte te worden aangenomen. Vijfentwintig landen waren voor. Vijf tegen, waaronder Amerika en Groot-Brittannië. Een sensatie hing in de lucht.

De voorzitter schorste rond tien uur 's avonds de vergadering. Koortsachtig begonnen ministers met elkaar te overleggen. De minister van Amerika rende naar De Vries. 'Zijn jullie gek geworden? Een van de grootste oliebedrijven ter wereld is Nederlands. Dat draaien jullie toch niet de nek om? Als dit voorstel wordt aangenomen, betekent dat het einde van onze rijkdom.'

Minister De Vries glimlachte: 'De olie is vroeg of laat toch op. Ons besluit staat vast.'

De Amerikaan werd rood van woede. 'Oké, ik begrijp het. Holland moet iets van ons. Wat willen jullie hebben om tégen dit onrealistische Canadese voorstel te stemmen?' siste hij.

'U vergist zich. Nederland is...' Minister De Vries werd op zijn schouder getikt door zijn assistent en maakte zijn zin niet af. 'Wat is er?' vroeg hij geïrriteerd.

'Er is telefoon voor u uit Nederland. Het is zeer dringend.'

'Kan het echt niet wachten? Dit is niet het moment voor telefoongesprekken.'

'Het kan echt niet wachten. Sorry.'

De minister zuchtte. 'Oké. Snel dan. Waar moet ik heen?'

'Die kant op', wees de assistent. 'Loop maar met me mee.' De minister verontschuldigde zich bij zijn Amerikaanse collega en volgde zijn assistent.

Even later zat hij achter een bureau in een lege kamer. De telefoon voor hem rinkelde. Hij nam op. 'De Vries.'

'Kan ik hem doorverbinden?'

'Wie is het eigenlijk?'

'Mijnheer Wolfsen. De directeur van oliebedrijf...'

'Ik weet wie hij is. Geef 'm maar', zei de minister kortaf.

'Oké, komt-ie', zei de assistent en hij verbond de olieman door.

'De Vries hier.'

'Met Wolfsen. Ik kom meteen ter zake.'

'Prima. Ik heb hier namelijk geen tijd voor.'

'Luister toch maar even. Ik zag net op televisie dat jullie zo gaan stemmen over dat maffe voorstel van Canada.'

'Klopt. En het is niet maf.'

'Jawel. We hebben nog genoeg olie. Minstens tot 2070. Als benzine en diesel al in 2018 worden verboden, gaan we over de kop.'

'Dan moeten jullie wat sneller omschakelen naar andere producten.'

'Geloof me: dat gaat echt niet. Dat zou 2035 worden. Op zijn vroegst', zei de directeur van Fortuna Olie.

'2035 is te laat. Dan is de broeikasschade onherstelbaar.'

'Luister goed, De Vries. Misschien kan ik je hiermee overtuigen...' De stem van Wolfsen klonk dreigend. 'Als Nederland akkoord gaat met dit voorstel, verplaatsen wij het bedrijf binnen één jaar naar Amerika. Dat scheelt de schatkist elk jaar honderden miljoenen euro's. Ik denk niet dat dat goed is voor Nederland.'

De Vries wist meteen dat hij schaakmat stond. Hij kon het risico niet nemen dat Fortuna zou verhuizen. Dat zou heel slecht zijn voor Nederland. Hij had nu geen andere keuze meer dan tegen het voorstel te stemmen. Hij zuchtte diep.

'Ik heb je begrepen, Wolfsen', zei hij en hij hing op zonder te groeten.

Om half twaalf namen alle ministers weer plaats achter de grote vergadertafel.

'Wie is tegen het voorstel van Canada?'

Zes ministers staken hun hand op. Iedereen keek verrast naar De Vries. De landen die benzine en diesel wilden afschaffen, reageerden kwaad, toen ze zagen dat Nederland tijdens de pauze van mening was veranderd.

'Komt vast door Amerika', zei de minister van India tegen de minister van Rusland.

De vijf landen die tegen een verbod waren, reageerden blij. De minister van Groot-Brittannië schreef een briefje en schoof dat met een strak gezicht naar de minister van Amerika. 'Goed gedaan, John.'

'Je moet mij niet bedanken maar Fortuna Olie', schreef die terug.

'Vierentwintig voor en zes tegen', zei de voorzitter met een gezicht dat op onweer stond. 'Het voorstel van Canada is verworpen. Hiermee komt deze klimaatconferentie tot een einde.'

De assistent van De Vries ijsbeerde kwaad door zijn hotelkamer. Had hij hier al die tijd voor gewerkt? Moest hij zomaar toezien hoe een oliebedrijf de politiek van Nederland bepaalde? Nee, besloot hij. Hij pakte zijn agenda en zocht het telefoonnummer op van een journalist die hij kende. Even later zat hij met hem te praten.

Op 16 augustus 2007 om zes uur in de ochtend viel de krant bij Pieter Klaassen in de bus. Met koeienletters stond op de voorpagina: **OLIE GAAT VOOR KLIMAAT**.

Pieter, biologieleraar, vogelliefhebber, vriend van Emre en leider van 'De Groene Vuist' roeide op dat moment over de plas. Hij was op weg naar 'zijn' eilandje.

6

Zondagavond, 14 oktober 2007. Nog een half uur en dan zou het donker zijn. Emre stond op de bodem van de groeve en keek gespannen om zich heen. Aan het einde van de middag was hij onder het hek doorgekropen en naar beneden geklauterd. Iedere keer weer had hij de hoop dat Lev zou zijn teruggekeerd, maar hij had hem nooit meer gezien. Met de twee oehoes die nu in de groeve woonden, had hij niet dezelfde band als met Lev. Ze waren niet echt bang voor hem, maar dichter dan een meter of tien kon hij ze niet naderen. Dan vlogen ze weg. Emre was ervan overtuigd dat deze twee vrouwtjes de zusjes van Lev waren, maar bewijzen kon hij het niet. Allebei waren ze een nest aan het bouwen. Een op een richel, de ander in een grotopening. Als alles goed ging, zouden ze in de lente dus twee of drie jongen krijgen. Emre verheugde zich er nu al op.

Normaal gesproken zou hij de twee oehoes binnen een kwartier hebben gezien. Maar nu liep hij al anderhalf uur door de groeve zonder ook maar één teken van leven te hebben vernomen. Een angstig voorgevoel bekroop hem. Er zou toch niets met ze zijn gebeurd? Hij dacht even na en besloot toen naar de nesten te klimmen, eerst naar de grot en daarna naar de richel. Het kon hem niet schelen dat het waarschijnlijk al donker zou zijn als hij op de richel aan zou komen. Hij kende de weg goed en had een zaklamp bij zich.

Een kwartiertje later kwam hij bij de grotopening aan. Terwijl hij zich hijgend naar binnen hees, wierp hij een blik in het nest: leeg. Hij ging staan en keek wat dieper in de grot. De adem stokte hem in de keel, toen hij daar een donkere hoop zag liggen. Dat zou toch niet...? Snel pakte hij zijn zaklamp, knipte hem aan en scheen op de hoop. Het was de oehoe! Hij rende naar het beest en boog zich over haar heen. De uil was dood. De tranen sprongen Emre in de ogen. Wat was er in godsnaam met het dier gebeurd? Hij streelde de uil, die voorover lag, over haar rug en draaide haar voorzichtig om. Toen hij het hoofd van de oehoe zag, schrok hij vreselijk. De ogen stonden net als de snavel wijd open. De tong hing uit haar bek. Roze schuim druppelde op de grond.

Emre ging staan en richtte de straal van de zaklamp op de grond bij het nest. Wat lag daar? Hij liep erheen en zag dat er een aantal dode ratten lag. Dat was vreemd. Een oehoe verzamelde geen prooidieren. Hij ving ze en vrat ze op. Ze aten ook wel eens aas, maar ook aas verorberde hij waar hij dat vond. Soms bracht een mannetje prooien naar een vrouwtje om haar het hof te maken, maar vier dode ratten naast één nest had Emre nog nooit gezien. Hij duwde met zijn voet tegen een van de ratten. Het beest rolde om: weer een opengesperde bek waar roze schuim uitdroop. Opeens begreep Emre het: de oehoe was vergiftigd! Iemand had ingespoten aas naast haar nest gelegd. De uil had ervan gegeten en was gestorven.

Emre voelde een enorme woede in zich opborrelen. De tranen die hij net nog had weggeslikt, liet hij nu de vrije loop. Terwijl hij stond te huilen, dacht hij plotseling aan de andere oehoe. Zij zou toch niet ook zijn vergiftigd? Hij keek naar de dode uil achter hem en zei: 'Ik kom terug om je te begraven, dat beloof ik. Eerst moet ik je zus zoeken.' Hij veegde de tranen van zijn wangen, klom uit de grot en klauterde zo snel hij kon naar beneden.

Een half uur later stond hij in het donker op de richel naast het nest van de andere oehoe. Ook daar lagen ingespoten ratten, maar de uil zag hij niet. Hij hoopte dat ze er nog niet van had gegeten. Hij schopte de ratten naar beneden. Net op het moment dat hij weg wilde gaan, hoorde hij een vreemd geluid achter een van de struiken op de richel. Voorzichtig schuifelde hij erheen en keek erachter. Daar lag de oehoe! Voorover, met gespreide vleugels en snel hijgend. Het beest verkeerde in doodsnood en had duidelijk veel pijn.

Emre pakte de uil, die niet de kracht meer had zich te verzetten, ging zitten en legde het beest, alsof het een zieke peuter was, op zijn schoot. Hij aaide haar zachtjes. Terwijl hij tegen haar fluisterde dat ze een hele lieve uil was, stierf de oehoe, met haar ogen en roze bek wijd opengesperd. Emre klemde haar tegen zich aan en begon te janken. Na zo een tijdje te hebben gezeten, legde hij haar naast zich neer en stond op. Hij keek over de donkere groeve heen. 'Ik krijg je wel te pakken, vuile moordenaar', siste hij met opeengeklemde kaken. Plotseling begon hij te schreeuwen: 'Hoor je me, vuile moordenaar! Ik krijg je wel te pakken!'

Thuis, op de bank, kwam hij langzaam tot rust. Hij realiseerde zich dat hij er nooit achter zou komen wie de dood van de oehoes op zijn geweten had. Wat moest hij nu doen? Kon hij eigenlijk iets doen? Pieter, bedacht hij plotseling. Die moet in ieder geval weten wat er is gebeurd. Hij weet wel hoe je dit moet aanpakken. Hij liep naar de telefoon en toetste uit zijn hoofd het nummer van Pieter in. Gelukkig. Hij nam op.

7

Om twintig over zes zat Pieter klaar. Nog een paar minuten en dan zou de zon opkomen. Deze ochtend moest het gebeuren. Hij wilde de dodaars fotograferen die hij een paar dagen eerder door het riet had zien zwemmen. De dodaars behoorde tot de familie der futen, maar hij was veel kleiner dan de fuut. Hij was ook veel zeldzamer, schuwer en vaak moeilijk te zien. Pieter hoopte eindelijk eens een foto van deze vogel te kunnen maken. Rustig speurde hij met zijn verrekijker de oevers van het eilandje af, op zoek naar het beestje.

Terwijl hij in het riet zat te turen, hoorde hij opeens vlak achter zich een geluid dat op een misthoorn leek. Hij schrok zich rot. Maar al gauw ging de schrik over in opwinding. Was dat niet de roerdomp? Hij draaide zich langzaam om, bang om een geluid te maken dat de vogel zou wegjagen. Voorzichtig deed hij het luikje aan de andere kant van zijn gecamoufleerde hut open. 'Woeoeoemp!' klonk het weer. Nu wist hij het zeker. Het was de roerdomp. Die kwam niet veel voor in Nederland en zeker niet in deze plassen. Ingespannen keek hij naar de rietkraag. Daar moest hij ergens staan.

Roerdompen waren nog moeilijker te zien dan dodaarzen, ook al was de roerdomp met zijn 75 centimeter ongeveer drie keer zo groot als de dodaars. Met hun beige en lichtbruine veren hadden roerdompen perfecte schutkleuren. Bovendien stonden ze vaak doodstil, met de kop naar achteren, de nek helemaal uitgerekt en de snavel naar de hemel gericht. Zo vielen ze weg tegen het riet.

'Woeoeoemp', klonk het weer. Met zijn verrekijker speurde Pieter de plaats af waar het geluid vandaan kwam en opeens zag hij hem staan. Zijn hart maakte een sprongetje van vreugde. De roerdomp had hij namelijk ook nog nooit gefotografeerd. Behoedzaam pakte hij het statief, waarop hij tien minuten eerder zijn digitale fototoestel had vastgezet, en zette dat voor zich neer. Zonder ook maar één opvallende beweging te maken, richtte hij zijn 500-millimeterlens op de roerdomp, zoemde in en drukte af. Hij had hem! De roerdomp stond er perfect op. Pieter maakte nog drie foto's en keek daarna nog een paar minuten naar de volkomen stilstaande vogel. Toen draaide hij zich om, zodat hij weer aan de andere kant naar buiten kon kijken.

Als hij nu ook nog de dodaars te pakken kreeg, zou zijn dag niet meer stuk kunnen. En ja hoor: nog geen kwartier later was het raak. De dodaars kwam perfect zichtbaar aanzwemmen. Zoveel geluk heb ik nog nooit gehad, dacht Pieter, terwijl hij zijn camera richtte en een aantal keer achter elkaar afdrukte. Zo. Die stond er ook op. Tevreden zette hij zijn statief naast zich neer en leunde achterover. Wat een paradijs was dit toch! Genoot iedereen maar zo van de natuur als hij, dan zou de wereld er een stuk beter voor staan. Hoewel… misschien dat al die milieurampen van de afgelopen maanden toch iets goeds zouden opleveren.

Gisteravond had hij naar het tienuurjournaal gekeken vóór hij naar bed ging. Hij had gezien dat de ministers die dag twee besluiten op de klimaattop hadden genomen. Het gebruik van steenkool was vanaf 2020 verboden en roetfilters op schoorstenen waren vanaf 2015 verplicht. Misschien was dat allemaal een beetje laat, maar het was beter dan niets. Canada had kennelijk ook nog voorgesteld het gebruik van benzine en diesel vanaf 2018 te verbieden. Ook 2018 was aan de late kant, maar het was in ieder geval een goed en moedig voorstel. Toen hij uiteindelijk naar bed was gegaan, was nog steeds niet bekend of het voorstel van Canada was aangenomen. Als hij zo thuis zou komen, zou het wel in de krant staan.

Rond half acht legde hij zijn boot weer aan de steiger. Fluitend liep hij door de tuin. Hij had honger en trek in koffie. Op de deurmat lag de opgevouwen krant. Hij pakte hem op en sloeg hem open. Meteen zag hij de kop op de voorpagina. Pieters gezicht verstrakte. Hij bleef in de gang staan en las het hele artikel:

OLIE GAAT VOOR KLIMAAT

TOP MISLUKT ONDANKS RAMPEN
Genève, 16 augustus 2007 -
Gisteravond laat is in Genève
de wereldtop over het klimaat
geëindigd. Een voorstel van
Canada om per 2018 gebruik van
diesel en benzine te verbieden,
haalde het net niet. Deskundigen
beschouwen de top dan ook als
mislukt.

Vierentwintig van de dertig deelnemende landen wijzen met de
beschuldigende vinger naar Nederland. Minister De Vries schijnt na-
mens ons land in eerste instantie
positief op het Canadese voorstel
te hebben gereageerd. Na de schorsing van de vergadering stemde hij
echter tegen het voorstel. Uit be-
trouwbare bron is gebleken dat dat
zou zijn gebeurd onder druk van
directeur Wolfsen van het bedrijf
Fortuna Olie.
Minister De Vries heeft ontkend dat
hij onder druk is gezet om alsnog
tegen te stemmen. 'Een minister
mag toch net als ieder ander mens
van mening veranderen? Niemand
heeft mij onder druk gezet. Tijdens
de schorsing heb ik het voorstel nog
eens goed bestudeerd en toen kreeg
de twijfel bij mij de overhand. En als

ik aan iets twijfel, doe ik het niet',
aldus De Vries.
Oliemaatschappij Fortuna was niet
bereikbaar voor commentaar.
Als ten minste vijfentwintig van de
dertig deelnemende landen voor
het voorstel hadden gestemd, was
het aangenomen. Vóór de schorsing
van de vergadering waren vijfentwintig van de dertig landen voor
het voorstel. Ná de schorsing waren
nog maar vierentwintig landen
voor het voorstel. Minister De Vries
had zich bij de tegenstemmers ge-
schaard. Andere tegenstemmers
waren onder meer Amerika en
Groot-Brittannië.
Klimaatdeskundigen zijn zeer te-
leurgesteld over de mislukte top.
'De afgelopen zomer hebben we
allemaal kunnen zien waartoe het
broeikaseffect kan leiden. Drie grote
rampen hebben talloze slachtoffers
geëist. En dit is nog maar het begin.
De wereld had een unieke kans om
het zieke klimaat te genezen. Die
kans is niet gegrepen. Het is maar
de vraag of er een volgende kans
komt. Als er vóór 2020 niet dras-
tisch wordt ingegrepen, is het te
laat', aldus professor Hoornenbeek,
hoogleraar klimatologie aan de
Universiteit van Wageningen.

Pieter haalde diep adem en sloot zijn ogen. Hij voelde een geweldige woede in zich opwellen. Maar het was niet het soort woede dat hem aan het vloeken of schelden maakte. Het was ook geen vernielzuchtige of gewelddadige woede, ook al verfrommelde hij langzaam de krant. Het was een kalme, doelgerichte woede. Een woede die zijn hart vulde met haat en zijn hoofd met vastberadenheid.

'Nu is het genoeg geweest', mompelde hij. Hij smeet de krantenprop in een hoek en ging weer naar buiten.

***

De vierde les die dag. Onderwerp: vogels. Veel leerlingen letten niet op. Rechtsachter waren drie jongen bezig met hun wiskundehuiswerk. In de middelste rij zaten twee meisjes te kletsen. In de linkerrij probeerden vier jongens stiekem het kaartspelletje af te maken waarmee ze aan het einde van de pauze waren gestopt.

Pieter had al een paar keer om aandacht gevraagd. Tevergeefs. Nu werd hij echt kwaad. In de hoek bij het raam stond een skelet. Geen echt skelet, maar eentje van kunststof. Het was een model dat werd gebruikt om les te geven over de botten in het menselijke lichaam. De beenderen waren net zo zwaar en groot als ze in het lichaam van een man van 1 meter 85 zouden zijn geweest.

Pieter liep erheen, pakte met een soepele beweging het dijbeen eruit, liep naar het dichtstbijzijnde tafeltje, bracht het
bot omhoog alsof het een bijl was waarmee hij een stuk hout
wilde klieven en sloeg toen met volle kracht op het tafelblad.
BAAAAAM!!!

Iedereen schrok zich een ongeluk en stopte met dat waarmee ze bezig waren: de jongens met hun kaartspelletje en
hun huiswerk, de meisjes met hun geklets. Ze keken hun
leraar met grote ogen aan.

'Fijn', zei die met een droge grijns, terwijl hij het dijbeen weer
terug in het skelet hing. 'Nu ik toch jullie aandacht heb, wil
ik het met jullie hebben over houtkap in de regenwouden
en het uitsterven van zeldzame, tropische vogels. Over dit
onderwerp zou wel eens een proefwerkvraag kunnen gaan.'

Door de klas ging een diepe zucht, maar de rest van de les
werd er goed opgelet.

Hoe hij het voor elkaar had gekregen om de hele dag les te
geven, wist hij niet. Pieter zat in de kroeg, met het derde bier-
tje van die avond voor zijn neus. Zijn vrienden Stefan en Lars,
met wie hij biologie in Leiden had gestudeerd, zaten ook aan
het tafeltje. In hun studententijd hadden ze behoorlijk fanatiek actiegevoerd tegen van alles en nog wat. Zo hadden ze
's nachts een keer in een nertsenfokkerij ingebroken en alle

kooien opengezet. De dieren waren allemaal ontsnapt. Met verf hadden ze op de muur een boodschap achtergelaten: '*De Groene Vuist tegen Bont!*'

Ook hadden ze een keer actiegevoerd tegen de bouw van een kolencentrale. Ze waren toen niet de enige actievoerders. Een heel legertje demonstranten raakte slaags met de politie. Pieter, Stefan en Lars hadden meegevochten. Uiteindelijk waren ze gearresteerd en hadden ze een nacht in de cel doorgebracht. Maar ze waren er niet van geschrokken, helemaal niet zelfs. Ze vonden het ergens wel stoer dat ze bereid waren geweld te gebruiken om de natuur te verdedigen. De natuur zelf sloeg veel te weinig terug. Toen, tenminste.

Het heftigste dat ze ooit hadden gedaan, was het in brand steken van een garage vol gloednieuwe BMW's geweest. '*De Groene Vuist tegen Benzineslurpers!*' hadden ze op het parkeerterrein ervoor geschilderd. Gelukkig waren ze daarvoor nooit gepakt.

Aan het einde van hun studententijd waren ze wat minder fanatiek geworden. Dat kwam doordat ze het te druk kregen met hun studies. Ze moesten afstuderen, stages lopen en scripties schrijven. Ze zagen elkaar toen maar weinig. Goede cijfers gingen boven bier en actie. Bovendien hadden ze allemaal een vriendinnetje gehad. Die meisjes remden hen nogal af; ze hielden niet zo van hun gewelddadige acties. Na hun afstuderen waren ze alle drie verspreid door Nederland gaan werken. Toch hadden ze contact met elkaar gehouden. In de kleine pauze had Pieter Stefan en Lars gebeld. Ze hadden zijn voorstel om die avond de kroeg in te duiken meteen geaccepteerd. Het was Utrecht geworden, omdat dat voor alle drie gemakkelijk met de trein te bereiken was. Daar zaten ze nu, in een café bij de gracht. Buiten regende het. Binnen zat het vol met pratende, drinkende en rokende mensen. Eigenlijk was het er gezellig, maar de drie mannen waren te somber en te serieus om dat te zien. Pieter nam nog een slok en zette zijn glas neer.

'Dus we doen het?' vroeg hij, terwijl hij zijn vrienden beurtelings aankeek.

'We doen het', zei Lars.

'De Groene Vuist is terug', zei Stefan.

'En dit keer is het menens!' vulde Pieter hem aan. Op zijn grimmige gezicht brak een glimlach door.

In de weken daarna kwamen ze heel vaak bij elkaar. Tot in de kleinste details planden ze de ontvoeringen. Ze kochten de spullen die ze nodig hadden, stippelden de routes uit die ze zouden rijden, bestudeerden de huizen en gewoonten van hun slachtoffers en oefenden alles wel tien keer. Ze waren zo goed als klaar en konden elk moment toeslaan. Maar er was één probleem. Ze konden niet echt een geschikte plek vinden om hun toekomstige gijzelaars op te sluiten. Tot ze die hadden gevonden, moesten ze wachten met de uitvoering van hun plan.

Op maandag 15 oktober 2007, twee maanden na de mislukte milieutop, zat Pieter 's avonds thuis toen de telefoon ging. Hij nam op.

'Met Pieter.'

'Met Emre.'

'Hé Emre! Hoe is het met jou?'

'De oehoes zijn vergiftigd.'

'Dat meen je niet!?' Pieter vloekte.

'Jawel... Ze zijn vermoord. Alle twee de wijfjes.'

Pieter was even stil. Hij wist meteen wie het had gedaan. Het was het bedrijf dat de groeve beheerde. Dat bedrijf mocht niet verder graven als er oehoes aan het broeden waren. Dus die moesten uit de weg worden geruimd. Eigenlijk wilde hij meteen naar Maastricht, maar dat ging nu niet. Niet nu ze op het punt stonden om toe te slaan. Opeens hoorde hij Emre snikken.

'Gaat het?' vroeg hij.

'Nee, niet echt', zei Emre.

'Vraag anders aan je moeder of ze een broodje kebab maakt. Daar knap jij altijd van op', grapte Pieter, in een poging om zijn jonge vriend een beetje op te vrolijken.

'Mijn ouders zijn er niet', zei Emre. 'Ze zitten twee weken in Turkije bij mijn opa's en oma's.'

'Hebben ze jou dan alleen thuis gelaten?' vroeg Pieter verbaasd.

'Ja, voor straf. Vanwege die trein, weet je nog?' antwoordde Emre.

Maar Pieter hoorde het al niet meer. Plotseling wist hij waar ze met de gijzelaars naartoe moesten...

8

Juul zag het zo: ze kon de rest van haar leven doorbrengen in een zuurstofruimte, hopend dat de lucht ooit weer zó schoon zou worden dat ze naar buiten kon. Maar ze kon ook proberen zelf iets aan haar situatie te doen. Ze begreep heus wel dat de kans erg klein was dat het haar, een jong meisje, zou lukken een minister zover te krijgen dat hij zou ingrijpen. De mislukking van de milieutop had wel duidelijk gemaakt dat de economie voor de natuur ging, dat olie belangrijker was dan schone lucht. Toch wilde ze het proberen. Ze had er geen zin meer in om opgesloten te zitten wachten tot ze oud en eenzaam, hijgend en piepend, dood zou gaan. Liever koos ze het moment waarop ze stierf zelf uit, ging ze vechtend ten onder. Als ze er alles aan had gedaan om haar lot te verbeteren, zou ze ten minste trots op zichzelf kunnen zijn. Nu was ze dat niet. Ze was meestal terneergeslagen, soms wanhopig, maar nooit wat ze zou moeten zijn: een vrolijk, levenslustig meisje, met haar toekomst nog voor zich. Haar besluit stond vast. Ze ging ervandoor. Ze zou minister De Vries laten zien wat luchtvervuiling met een mens kon doen. Hopelijk veranderde hij daarna van gedachten.

Juul liep door de Breestraat. Bij een bank stapte ze naar binnen. In de rechtermuur van het portaal hingen twee glimmende betaalautomaten. Ze pinde vijfhonderd euro – bijna al het geld dat op haar rekening stond – en stopte de briefjes in haar portemonnee. Met een soepele beweging deed ze haar rugzak om en ging ze weer naar buiten. Voor de zoveelste keer die ochtend keek ze om zich heen. Geen vrienden, kennissen of familie te zien? Nee. Snel liep ze verder. Drukke straten wilde ze nu zoveel mogelijk vermijden. Na honderd meter sloeg ze daarom rechtsaf, de Vrouwensteeg in. Een aantal straatjes, steegjes en grachten verder bereikte ze het station.

Het was de eerste maandag van de herfstvakantie. Haar broertjes waren vroeg in de ochtend vertrokken voor een weekje logeren bij opa en oma in Friesland. Haar ouders brachten de jongens weg en zouden vanavond pas terugkomen. Haar familie kon dus geen roet in het eten gooien. Tenminste, niet vandaag.

Dat de school dicht was, hielp natuurlijk ook. Als ze wel les had gehad, dan had ze zich moeten afmelden met een of andere smoes. Dat hoefde nu niet.

Meteen nadat de auto de straat was uitgereden, was Juul in actie gekomen. Ze rende de trappen af en liep naar de schuur, waar ze een goede rugzak uitzocht. Terug in de keuken pakte ze een rol koekjes en acht blikjes frisdrank en stopte die erin. In de badkamer vulde ze haar toilettas en deed die er ook bij. Vervolgens maakte ze de rugzak dicht en bond de slaapzak erbovenop. Ze keek om zich heen. Ondanks alles zou ze het gaan missen, voelde ze. Ze kon natuurlijk blijven, bedacht ze, maar nee... haar beslissing stond vast. Uit de bureaula pakte ze het briefje dat ze de vorige avond had geschreven en legde het op bed. Ze keek nog een keer om zich heen. 'Dag zolder', mompelde ze. Terwijl ze haar tranen wegslikte, tilde ze haar rugzak op, deed die om en ging naar beneden.

De buren mochten haar niet zien. Die zouden meteen haar ouders waarschuwen. Ze verliet het huis via de achterdeur, liep door de tuin, opende de tuinpoort en keek voorzichtig allebei de kanten op. Er was niemand op het paadje. Ze stapte naar buiten, deed de poort dicht en liep naar de straat.

Ze was weg.

Hoewel ze best bang was iemand tegen te komen die haar zou herkennen, genoot ze van haar wandeling naar het station. Het was heerlijk weer eens door Leiden te lopen. Als een gewoon mens tussen alle andere mensen. Het leek ook net alsof ze alles voor het eerst zag. Gevels en grachten waar ze enkele jaren geleden nog achteloos langs was gelopen, vielen haar plotseling op. Wat waren ze eigenlijk mooi. En wat was het leuk om al die mensen bezig te zien, fietsend, pratend, winkelend, wandelend en autorijdend. Juul voelde zich bijna een toerist in eigen stad. Maar in de buurt van het station merkte ze ook hoe slecht haar conditie was geworden. De twee jaar op de zuurstofzolder hadden haar misschien wel gered, maar ze hadden haar ook verzwakt. Vroeger had ze het nog wel een of twee dagen buiten uitgehouden, zonder al te ziek te worden. Nu was ze nog maar net buiten of haar longen begonnen al te protesteren. In de stationshal zag ze een bankje en ze ging even zitten om op adem te komen. Toen het hijgen wat minder werd, stond ze weer op, liep naar een automaat en kocht een kaartje. Juul moest kiezen tussen een enkeltje of een retourtje. Heel even aarzelde ze. Zou ze nog teruggaan? Of zou ze, nadat ze De Vries had gesproken, dingen gaan doen die ze al heel lang wilde doen, maar nooit kón of mócht doen? Ze besloot vast te houden aan haar plan en kocht een enkeltje.

In de trein naar Den Haag vond ze een plekje aan het raam in een nog niet volle coupé. Opgelucht hoorde ze de conducteur op zijn fluitje blazen en voelde ze even later hoe de trein zich in beweging zette. Ze was op weg. Met elke kilometer werd de kans kleiner dat ze zou worden gevonden. Via internet was ze erachter gekomen waar minister De Vries woonde. Ook had ze uitgezocht hoe ze er moest komen. Terwijl de weilanden tussen Voorschoten en Den Haag voorbijgleden, probeerde ze zich een voorstelling te maken van de ontmoeting. Zou hij eigenlijk wel thuis zijn? En als hij thuis was, zou hij dan de deur in haar gezicht dichtgooien of juist naar haar luisteren? Of zou hij de politie bellen? Tien scenario's tegelijk schoten door haar hoofd en ze werd steeds ongeruster. Was dit wel een goed idee? Maar bij het verschijnen van de eerste Haagse flats verdween haar twijfel. Ze ging het gewoon doen en zou wel zien hoe het afliep.

Met de tram van lijn 1 bereikte ze rond half acht de wijk waarin De Vries woonde. Ze stapte uit en drie straten verder vond ze zijn huis: een statige, alleenstaande villa. De poort die toegang bood tot de voortuin, was dicht. Ze keek om zich heen. Even verderop stond een elektriciteitskastje. Als ze daarop ging staan, kon ze over de muur klimmen... Twintig tellen later stond ze voor de voordeur en belde aan. Hopelijk was de minister nog niet naar zijn werk. Na een paar seconden, waarin niets gebeurde, belde ze nog een keer aan. Meteen daarna klonk er gestommel in de gang. Iemand liep naar de voordeur. Ze hoorde een sleutelbos rinkelen en wat gemorrel in het slot en even later zwaaide de deur open. Het was de minister! Hij keek Juul verrast aan.

'Goedemorgen, jongedame. Waarmee kan ik u van dienst zijn?'

Juul zocht even naar woorden. 'Ik...' begon ze.

De Vries viel haar in de rede. 'Woont u hier in de buurt? Ik heb u nooit eerder gezien... Hoe oud bent u eigenlijk?'

'Twaalf', antwoordde Juul.

De Vries keek haar onderzoekend aan. 'Zou ik u moeten kennen?' vroeg hij.

'Nee. U kent mij niet.'

'Nou... Vertelt u dan maar wat u komt doen.' Het viel Juul op dat de minister haar met 'u' bleef aanspreken. Dat had nog nooit iemand gedaan. Het gaf haar het gevoel dat hij haar als een volwassene zag. Als iemand die evenveel respect verdiende als hijzelf. Misschien kwam het daardoor, maar plotseling vond ze haar woorden terug. Dit was de man die ze de waarheid wilde vertellen! Nu ze de kans had, moest ze hem grijpen ook!

'Ik kom u vertellen dat ik het niet goed vind dat u de milieutop heeft verknald. U hebt de kans op schone lucht verkwanseld voor oliegeld! Ik heb die schone lucht nodig. Anders ga ik dood in een zuurstofruimte zonder ooit nog een stap buiten te hebben gezet.' Zo, dat was eruit.

Terwijl ze naar adem hapte, zei De Vries: 'U hebt astma zeker? Ik meende al zoiets aan u te horen.'

'Ik heb astma, ja!' antwoordde Juul. 'Door die luchtvervuiling is het zó erg geworden dat ik de rest van mijn leven binnen moet zitten. En wat doet ú daaraan? Helemaal niets!'

'Dat is niet waar, mevrouw', sputterde De Vries tegen.

'Het is wél waar. U hebt alleen maar een paar halfzachte maatregelen genomen die niets helpen!'

'Mevrouw', zei de minister. 'Ik moet zo weer aan het werk. Ik heb geen zin om me hier tegenover u te verdedigen. En zeker niet op dit tijdstip.'

'U bent laf. Dat was u tijdens de milieutop en dat bent u nú weer.' Juul begon te hijgen. Dit keer meer van woede dan uit ademnood.

De minister wist diep in zijn hart dat dit meisje gelijk had. Maar hij zou haar nooit gelijk kunnen geven. In Nederland ging de economie nu eenmaal boven de natuur. De Vries keek het meisje strak aan: 'Ik was niet laf. Ik handelde in het belang van Nederland', zei hij.

'Maar niet in mijn belang of dat van tienduizenden andere zieke mensen!' reageerde Juul.

'Dat is nog altijd het belang van de minderheid.'

'Maar dit is voor niemand goed, ook niet voor alle gezonde mensen!' riep Juul uit.

De Vries zuchtte. Dit was geen dom meisje. Ze was ook een volhouder, dat was duidelijk.

'Weten jouw ouders eigenlijk dat je hier bent?' vroeg hij.

Opeens sprak hij Juul aan met 'je' in plaats van met 'u'.

Juul, verrast door de wending van het gesprek, kleurde rood.

Ze keek langs De Vries de gang in en zei niets.

'Je ouders weten niet dat je hier bent, hè? Ik kon me al niet voorstellen dat je ouders het goed zouden vinden dat je dit doet. Niet met jouw gezondheid.'

'Laat mijn ouders erbuiten.'

'Hoe ben je te weten gekomen waar ik woon?'

'Op internet staat alles, ook uw adres.'

'Ben je soms weggelopen?'

Juul wist even niet meer wat ze moest zeggen. Ze wilde weg.

'Ik ga', zei ze.

'Nee, meisje, jij gaat met mij mee naar binnen. Je krijgt een boterham en een kop thee, terwijl we op de politie wachten.'

'Niks daarvan', zei Juul. Ze bukte zich en pakte haar spullen bij elkaar.

De minister greep haar bij een arm. 'Ik laat je niet gaan', zei hij.

Juul keek hem woedend aan. 'U kunt mij niet tegenhouden', siste ze.

Minister De Vries verstevigde zijn greep. 'Dat kan ik wel!'

Net op het moment dat Juul zich wilde losrukken, vloog de poort met een klap open. Een zwarte bestelbus reed achteruit de oprit op. Twee mannen sprongen uit het busje en stormden de tuin binnen, recht op hen af. Ze droegen bivakmutsen en waren gewapend.

9

Wolfsen, directeur van Fortuna Olie, ging elke ochtend om zes uur hardlopen. Licht of donker, weer of geen weer. Pas als hij had gelopen en gedoucht, was hij klaar voor de dag. Klaar om naar het hoofdkantoor in Amsterdam te gaan en te werken. Wolfsen had een loodzware baan. Als directeur was hij verantwoordelijk voor een bedrijf dat over de hele wereld honderdtienduizend mensen in dienst had, een bedrijf dat jaarlijks honderden miljarden euro's omzette. Hij reisde veel en werkte vaak dag en nacht. Zonder een goede conditie zou hij dat niet volhouden. Tien jaar geleden was hij daarom gaan hardlopen. In het begin vond hij het niks, maar hij hield vol en langzaam was het zijn grootste hobby geworden. Inmiddels had hij overal in de wereld marathons gelopen. Op dit moment was hij aan het trainen voor de marathon van Tokio.

Wolfsen woonde met zijn vrouw en twee kinderen in de duinen van Noordwijk. Zijn huis was een van de grootste villa's daar, zo'n huis waarvan de meeste mensen alleen maar kunnen dromen. Behalve deze woning had hij nog twee andere huizen. Eén boerderij in Italië, in de heuvels van Toscane, en één appartement in New York, voor lange weekeinden en de kerst. Als hij naar zijn andere huizen ging, zat hij meestal zelf achter de stuurknuppel van zijn privévliegtuig. Kortom: Wolfsen had het helemaal voor elkaar.

Ook op deze regenachtige woensdagochtend rende hij weer door de duinen naar het strand voor zijn dagelijkse rondje Noordwijk-Katwijk-Noordwijk. Zoals iedere ochtend genoot hij het meeste van het moment dat hij boven aan de strandopgang kwam. Daar stopte hij altijd even om te genieten van het uitzicht over de kust, voordat hij naar beneden rende. Dat uitzicht was geen dag hetzelfde. Soms kon je heel ver kijken, van Hoek van Holland tot IJmuiden, soms niet verder dan de pier van Scheveningen en Zandvoort. Er waren dagen dat je nog geen vijftig meter ver kon kijken omdat het zo mistig was. Ook vond hij het mooi dat de zee elke dag anders was. De ene keer grijs en kalm, de andere keer donker en woest of groen, op de witte golftoppen na. Afhankelijk van het getij, was het strand smal of breed en het zand rul of hard.

Vandaag was de zee donkergrijs en wild. Een harde wind uit het zuidwesten joeg het zand in lange strepen over het strand. Het zou zwaar worden, zo tegen de wind in. Maar Wolfsen genoot toch van dit moment. Met dit weer zou hij het strand en de duinen voor zichzelf hebben. In zijn eentje tegen de elementen ploeteren. Heerlijk.

Die verdomde milieuactivisten konden dan wel zeggen dat hij niet van de natuur hield, maar hij wist wel beter. Niet voor niets liep hij elke dag op het strand en door de duinen. Maar wat kon hij eraan doen dat het klimaat kapotging? Dat dat ook door het gebruik van benzine en diesel kwam, was helemaal niet bewezen. Onvoldoende in ieder geval om zomaar met de productie ervan te stoppen. Stel je voor! De wereld kon toch helemaal niet zonder! En zijn bedrijf dan? Dat zou kapotgaan. Meer dan honderdduizend mensen zouden werkloos worden. Aan hen moest hij toch ook denken?

Hij daalde met grote passen de strandopgang af, liep naar de kustlijn en begon naar het zuiden te rennen. Vlak bij het water was het zand glad en hard en liep hij het gemakkelijkst. Al snel had hij een aardig tempo te pakken. Een kwartier later bereikte hij de duinen van Katwijk, boven de monding van de Oude Rijn. Op het parkeerterrein kwam opeens een zwart bestelbusje naast hem rijden. Verstoord keek hij naar rechts. Wat was dit voor een idioot? De bestuurder had een bivakmuts op en keek in zijn richting. Plotseling draaide hij scherp naar links en liet de auto met slippende banden stoppen, zodat die het pad volledig blokkeerde. Wolfsen schrok en stopte. De zijdeur van het busje schoof open. Een andere man met een bivakmuts richtte een pistool op hem. 'Instappen of ik schiet je neer', siste die.

Wolfsen stond als aan de grond genageld. Voor het eerst in lange tijd was hij doodsbang. Zó verstijfd van angst dat hij niet meer na kon denken.

De man begon woest met zijn pistool te zwaaien. 'Instappen, verdomme! Instappen!' schreeuwde hij.

'Nee, nee, dat wil ik niet', stamelde Wolfsen, maar op het moment dat hij zich wilde omdraaien en wegrennen, sprong de man uit het bestelbusje en gaf hem met de kolf van zijn pistool een harde klap op het hoofd. Wolfsen zakte in elkaar en raakte buiten bewustzijn.

Toen hij bijkwam, lag hij op de houten vloer van het busje. Ondanks zijn pijnlijke en bonkende hoofd besefte Wolfsen meteen dat hij was ontvoerd. Op zijn mond zat tape. Voor zijn ogen zat een masker, waar hij niet doorheen kon kijken. Zijn benen waren met touw aan elkaar vastgebonden en zijn handen waren geboeid.

'Hoe laat is het?' hoorde hij een man vragen.

'Bijna half zeven. Alles gaat volgens plan.'

'Nog wel', zei de ander en toen werd het weer stil, op het geluid van de motor na.

Tot nu toe loopt alles gesmeerd, dacht Pieter, terwijl hij over de A44 richting Den Haag reed. Vanochtend was hij bloednerveus geweest, net als Stefan en Lars. Maar vanaf het moment dat ze in het busje waren gestapt om naar Noordwijk te rijden, hadden de zenuwen plaatsgemaakt voor vastberadenheid.

Daar reed-ie dan, in een zwart bestelbusje. Wolfsen achterin, ontvoerd. Stel je voor: de directeur van een van de grootste oliebedrijven ter wereld. Ontvoerd, door hem, een jonge biologieleraar. En nu dus een misdadiger. Hij had niet gedacht dat hij ooit zoiets zou doen. Toch was het zo en hij voelde geen enkele spijt. Het was allemaal voor het goede doel, dus was het goed. Als hij dat maar voor ogen zou houden, zou er nooit een moment van spijt komen. Daarvan was hij overtuigd.

Iets voor half acht reed Pieter een straat in van een chique Haagse wijk. Bij de oprit naar een grote villa stopte hij. Pieter stapte uit en keek om zich heen. Er was nog geen kip te zien. Gelukkig. Snel stapte hij weer in. In het tussenschot achter hem zat een klein raampje. Hij schoof het gordijntje ervoor weg en klopte erop. Het gezicht van Lars verscheen. Pieter stak zijn duim omhoog, het afgesproken teken om in actie te komen. Vervolgens trok hij een bivakmuts over zijn hoofd, stak de neus van het busje de straat in, zette hem in zijn achteruit, gaf flink gas en reed tegen de poortdeuren aan. Met een harde klap sprongen ze open. Halverwege de oprit naar de garages stopte hij. Hij trok de handrem aan, liet de motor draaien en sprong uit het busje. Hij zag Lars en Stefan in de richting van de voordeur stormen. Pieter zag de minister en Juul staan en vloekte. Dat De Vries al buiten stond, kwam goed uit. Maar wat deed dat meisje daar? Terwijl Lars en Stefan hun slachtoffers vastgrepen en onder schot hielden, rende Pieter erheen.

'Wat doen we met haar?' vroeg Lars.

'Meenemen', antwoordde Pieter. 'Kom op, snel! Straks ziet iemand ons!'

'Maar ze heeft hier niks mee te maken. We gaan toch niet...' begon Stefan.

Pieter onderbrak hem. 'Wou je hier een getuige laten staan? Kom op, inladen en wegwezen!'

De drie mannen duwden De Vries en het meisje naar het busje en dwongen hen in te stappen. De minister en Juul zagen een geboeide en gemaskerde man op de vloer liggen.

'Wie bent u? Waarom ontvoert u ons?' vroeg De Vries.

'Kop dicht en liggen', beval Lars, terwijl Stefan de deuren dichtdeed en Pieter wegreed.

'Maar dat gaat zomaar niet. Ik...'

Lars greep hem bij zijn revers en trok hem naar zich toe. Hij drukte zijn pistool tegen de slaap van de minister en siste: 'Nog één woord, smeerlap, en ik jaag een kogel door die corrupte kop van je. Ik zweer je dat ik dat met plezier zal doen. Liggen! Nu!'

De minister zag dat hij het meende en ging liggen. Meteen bond Lars zijn handen en voeten aan elkaar. Op zijn mond plakte hij tape en net als Wolfsen kreeg ook hij een geblindeerde skibril op. Lars stond op en liep naar Juul, die door Stefan onder schot werd gehouden. Juul hield het niet meer. De tranen rolden over haar wangen. Ze huilde zonder geluid te maken, niet alleen van angst, maar ook van woede.

'Sorry, jongedame, je was op het verkeerde moment op de verkeerde plaats... Wie ben jij eigenlijk en wat deed je daar?' vroeg Lars.

Juul kon geen woord uitbrengen.

'Luister eens, we doen je niets. Echt niet. Het gaat ons niet om jou, maar om deze twee hier.' Lars zwaaide achteloos met zijn pistool in de richting van Wolfsen en De Vries. 'Vertel ons nou maar gewoon wie je bent.'

Juul slikte haar tranen weg en vermande zich. 'Ik ben Juul Vissers. Ik kom uit Leiden', zei ze zacht.

'Hoe oud ben je?'

'Twaalf.'

'Wat deed je zo vroeg bij De Vries? Ben je zijn kleindochter of zo?'

'Nee. Gelukkig niet.'

'Wat deed je daar dan?'

Juul zuchtte. 'Het is een beetje moeilijk uit te leggen', zei ze.

'Laat maar horen.'

Het meisje haalde diep adem en vertelde toen het hele verhaal. Over haar ziekte, over dat ze weggelopen was, over haar gesprek met de minister.

Door de spleten in hun bivakmutsen wisselden Lars en Stefan een korte blik uit. Ze begrepen elkaar zonder een woord te zeggen. Dit was pech. Ze hadden een doodziek meisje ontvoerd! Een weggelopen meisje dat bij De Vries maatregelen tegen luchtvervuiling was gaan eisen, iemand voor wie ze juist wilden vechten, dreigde nu hun slachtoffer te worden. Wat nou als ze zou sterven, terwijl zij haar gevangen hielden...

Stefan nam het woord. 'Luister, Juul. Het klinkt gek en je hoeft ons niet te geloven, maar we staan eigenlijk aan jouw kant... We leggen het nog wel uit.' Hij pakte een stuk touw. 'Helaas moeten we je wel vastbinden. We kunnen niet het risico nemen dat je vlucht. Maar we zullen het zachtjes doen. Je mag ook gewoon blijven zitten. We zullen je niet blinddoeken en geen tape voor je mond doen, zodat je zo goed mogelijk kunt ademen. Als je je slecht voelt, moet je het meteen zeggen. Misschien kunnen we dan iets voor je doen.'

Juul lachte wrang. Weer wisselden de twee mannen een snelle blik uit.

'Wat is er zo leuk?' vroeg Lars wantrouwend.

'Ik ben vanochtend weggelopen, omdat mijn zolder een gevangenis was geworden. Ik wilde weer buiten zijn, me vrij voelen.' Haar glimlach verdween en haar gezicht verstrakte. Ze stak haar handen uit. 'Dát plan is dus mislukt. Hier, bind me maar vast.'

Pieter kon niets van het gesprek achter in het busje horen. Hij zat gespannen achter het stuur. Om hem heen werd Den Haag wakker. Mensen verlieten hun woningen en er verschenen steeds meer auto's en fietsers op straat. Er mocht nu niets gebeuren. Een aanrijding en alles zou fout gaan. Behoedzaam reed hij naar het bedrijventerrein aan de rand van de stad. Daar, achter dat gebouw, was de loods waar ze van busje zouden wisselen.

Anderhalf uur later stopte Pieter in een bos bij Chaam, een Brabants plaatsje op de grens tussen Nederland en België. Hij stapte uit en keek om zich heen. Niemand te zien. Hij schroefde de nummerborden er snel af en verving ze door Belgische kentekenplaten. Ook plakte hij een sticker met een grote 'B' op de achterkant, precies op de plek waar nu nog de NL-sticker zat. Toen hij klaar was, stapte hij weer in en reed over een smalle landweg België in. Bij de grens stond niemand. Precies zoals ze hadden verwacht.

Om half drie 's middags parkeerde hij het bestelbusje op een doodlopend pad, ergens diep in een donker naaldwoud. Ze waren in de Belgische Ardennen. Pieter kende deze omgeving goed. Hij had heel vaak gewandeld in de beboste heuvels rond Spa. Hij hield erg van de stilte en verlatenheid die de Ardennen uitstraalden, maar hij was hier niet heen gereden om te genieten. De volgende vier uur moesten ze ergens ongestoord door kunnen brengen. Deze plek leende zich daar uitstekend voor. Hier kwam bijna nooit iemand, zeker niet als het buiten regende en stormde, zoals nu. Pas als het donker was, zouden ze weer verder rijden.

Pieter stapte uit en schoof het zijportier open.

Hij ontweek de blik van Juul en keek Lars aan. 'Jouw beurt', zei hij.

Lars kwam naar buiten.

'Waarschuw me als je iemand ziet.'

'Natuurlijk', zei Lars en hij klom achter het stuur.

Pieter deed net als Stefan zijn bivakmuts op en stapte het busje in. Zonder iets te zeggen, duwden de twee vrienden hun gevangenen overeind, zodat die niet langer op hun matrassen lagen maar zaten. Vervolgens namen ze de maskers van de gijzelaars af en haalden ze de tape van hun mond. Wolfsen en De Vries keken elkaar stomverbaasd aan. Wolfsen maakte aanstalten iets te zeggen, maar Stefan maakte een gebaar met zijn pistool.

'Waag het niet je mond open te doen', zei hij.

Wolfsen deed zijn mond weer dicht en draaide woedend zijn hoofd weg.

De Vries keek langs Wolfsen door het open zijportier naar buiten en zag het donkere naaldbos. Hij slikte, keek naar Pieter en zei: 'Jullie gaan ons toch niet vermoorden, hè?'

'Nee', zei Pieter, terwijl hij de schuifdeur dichtdeed. 'Nu nog niet, tenminste.' Hij was helemaal niet van plan ze dood te schieten, maar het kon geen kwaad ze een beetje bang te houden.

De Vries deed zijn ogen dicht en slikte nog een keer.

Stefan pakte een fles water en zette de tuit tegen de lippen van Wolfsen. 'Hier, drinken', zei hij, terwijl hij de fles kantelde.

Wolfsen kneep zijn lippen tegen elkaar, zodat het water langs zijn mond en kin naar beneden stroomde. Hij weigerde te drinken.

'Er zit alleen maar water in, het is geen gif', zei Stefan. 'Je volgende kans om je dorst te lessen komt pas over een paar uur.'

Wolfsen gaf geen krimp en keek hem vol haat aan.

'Oké, dan niet. Misschien heeft je zakenpartner wel dorst.'

Hij keek naar De Vries, die een knikje gaf. Stefan zette een stap in zijn richting en hield de fles aan de lippen van de minister, die gulzig begon te drinken. Na een slok of tien hield hij hijgend op.

'Genoeg?'

De Vries knikte. Pieter pakte de blinddoeken en bond die om het hoofd van de gijzelaars. Stefan plakte de twee stukken tape op hun mond. Daarna duwden ze de mannen om, zodat ze weer op hun matras kwamen te liggen.

Stefan had Juul onderweg al regelmatig te drinken gegeven. Hij keek haar aan. 'Heb jij nog dorst?'

Juul schudde haar hoofd.

'Honger dan?'

'Ook niet.'

'Waarom hijg je zo?' vroeg Pieter.

Juul knikte naar Stefan. 'Vraag dat maar aan hem.'

'Heb je je medicijnen nodig?' vroeg Stefan.

'Ja, ik heb het benauwd. Ik moet even puffen. Mijn apparaat zit in mijn rugzak. Als je mijn handen losmaakt, pak ik het zelf wel.'

Pieter tikte Stefan tegen zijn arm. 'Ik wil je even spreken', zei hij en hij sprong uit het busje. Stefan kwam achter hem aan. Pieter schoof de zijdeur op een kiertje en liep naar de voorkant van het busje. Hij tikte in het voorbijgaan tegen het raampje van het voorportier en gebaarde naar Lars dat die ook naar buiten moest komen.

'Wie is dat meisje en wat is er met haar aan de hand?' vroeg Pieter.

Stefan vertelde alles wat hij van Juul had gehoord en Pieter luisterde met stijgende verbazing. 'Als ze te lang buiten blijft en niet de juiste behandeling krijgt, gaat ze dood', eindigde Stefan zijn verhaal. De verbazing van Pieter maakte nu plaats voor een mengeling van frustratie en wanhoop. Hij vloekte, draaide zich om, deed een paar stappen in de richting van een houten paaltje en schopte er keihard tegenaan. Daarna stond hij een tijdje bewegingloos naar het bos te staren. Hij dacht na over wat ze nu moesten doen. Juul laten gaan, kon niet. Hulp erbij halen ook niet. Opgeven en teruggaan, was ook geen optie. Hij wilde niet dat ze de gevangenis in vlogen zonder dat ze ook maar iets hadden bereikt. Zeker niet na alles wat ze nu al hadden gedaan. Pas als ze hun zin hadden gekregen, wilde hij zijn straf uitzitten. Hij draaide zich om en keek zijn vrienden aan.

'Dat meisje is een probleem. Als wij door willen gaan met ons plan, dan moeten we van haar af zien te komen of ze moet met ons mee... Als we haar meenemen, gaat ze misschien onder onze ogen dood... Daar zitten we ook niet op te wachten... We kunnen haar ook niet laten gaan, want dan zijn we de klos.'

'Er is dus maar één oplossing...' zei Lars.

'Je wilt haar toch niet...?' Stefan kreeg het niet eens over zijn lippen.

'Wat moeten we dan?' vroeg Lars.

'Nee', greep Pieter in. 'Nee, dat wil ik echt niet. Wij zijn misschien terroristen en ontvoerders, maar we zijn geen moordenaars!' Hij was even stil en vervolgde toen: 'We nemen haar gewoon mee en verzorgen haar zo goed mogelijk. Hopelijk bereiken we onze doelen snel, zodat ze op tijd naar een ziekenhuis kan. Lukt dat niet, dan zien we wel weer verder. Laten we ons nu vooral concentreren op de reis naar onze schuilplaats, anders zijn we straks het haasje zonder dat zelfs maar een fractie van ons plan is gelukt.'

Achter in de bus had Juul alles gehoord. Nog nooit was ze zo bang geweest. Ze zouden haar toch niet gaan vermoorden? Maar terwijl de tranen over haar wangen stroomden, gebeurde er iets geks. Door haar angst besefte ze opeens dat ze wilde blijven leven, dat ze móést blijven leven. Ze was nog niet klaar op deze aarde. Er was nog zoveel te doen. Misschien kon ze wel dokter of fotograaf worden, ook al was ze ziek. Misschien zouden ze haar ooit kunnen genezen of werd de lucht weer schoon...

De vrienden hadden intussen de rest van hun plan doorgenomen. Ze waren klaar. Iedereen wist wat hij wanneer moest doen.

'Kom, we gaan', zei Pieter en hij klom achter het stuur.

De andere twee stapten weer achterin en schoven de zijdeur dicht.

Stefan liep meteen naar Juul, maakte haar handen los en gaf haar haar rugzak. 'Neem je tijd', zei hij rustig. Juul keek hem dankbaar aan. Niet veel later hobbelde het busje over de donkere paden het bos uit.

Toen Pieter Nederland via Eisden binnenreed, zag hij dat aan de andere kant van de snelweg een gigantische file stond. Kennelijk waren ze bij de grens aan het controleren. Hij zette de radio aan. Binnen vijf minuten hoorde hij dat in verband met de ontvoeringen op alle grote wegen naar het buitenland grensbewaking was ingesteld. Pieter grijnsde. Die sufferds hielden er natuurlijk geen rekening mee dat de boeven die ze zochten Nederland niet uit, maar juist ín wilden.

Een half uurtje later reed hij door Kanne. De Sint-Pietersberg lag donker aan zijn linkerhand. Voorzichtig reed Pieter over het bospad de Observant op. In de laatste bocht voor De Levant stopte hij. Hij deed de koplampen uit, tikte vijf keer kort op de tussenwand ten teken dat ze er waren en stapte uit. Vervolgens liep hij naar de toegangspoort en keek naar het huis van de familie Diri. Er brandde licht.

10

Diezelfde avond keerden de ouders van Juul terug uit Friesland. Binnen brandde nergens licht. Ook op zolder was het donker. Raar. Normaal bleef Juul later op dan negen uur. Misschien voelde ze zich niet lekker en was ze vroeg gaan slapen... Ze besloten meteen te gaan kijken en liepen naar de zolder. Daar ontdekten ze dat het bed leeg was en dat er een briefje op het kussen lag. Snel pakte haar moeder het en begon het met grote ogen te lezen. Haar man las over haar schouder mee.

'Lieve papa en mama,

Jullie maakten deze zolder voor me, zodat ik het minder benauwd zou hebben. Het klopt dat ik hier veel meer lucht krijg. Maar de laatste maanden kwamen de muren op me af. Steeds meer. Ik kreeg het juist benauwd, maar dan in mijn hoofd.
Ik ben naar buiten gegaan. Het kan me niet schelen dat het gevaarlijk is. Misschien krijg ik daar te weinig adem, maar ik wil me weer vrij voelen.
Bedankt voor alles. Veel kusjes voor de jongens. Ik hou van jullie.

Juul'

Haar moeder ging op de rand van het bed zitten en begon te huilen.

'Ik ga meteen de politie bellen!' riep haar vader en hij stormde de trap af.

Maandagochtend, vijf over tien. Emre werd wakker. Hij rekte zich uit, stond op en liep naar het raam. Hij schoof de gordijnen open en keek naar buiten. Alles was nat. Een harde wind joeg donkere wolken langs een grijze hemel. De kruinen van de bomen zwiepten op en neer en lieten hun gele en rode blaadjes los. Die nacht was de herfst echt begonnen. Emre zuchtte. Hij hield niet van de herfst. Dat seizoen maakte hem somber. De herfst betekende dat het steeds later licht werd en steeds vroeger donker, dat de bomen kaal werden en de natuur doods, dat het veel zou gaan regenen en stormen en dat het kouder en kouder zou worden. Het betekende ook dat de zomer echt voorbij was en de volgende nog heel lang op zich zou laten wachten. Niet meer de hele dag op blote voeten rondlopen, niet meer naar het zwembad en niet meer naar de stad fietsen voor een ijsje. De komende maanden zou het leven zich weer hoofdzakelijk binnen afspelen, terwijl Emre het liefste buiten was. Binnen voelde hij zich altijd een beetje opgesloten.

Natuurlijk was het binnen ook wel eens leuk. In de weekeinden kwam er vaak bezoek, meestal familie. Die bezoekjes gingen volgens een vast patroon. Zodra iedereen binnen was, pakte Hande een fles eau de cologne. Iedereen moest dan langs haar lopen. De oudste het eerst, de jongste het laatst. Als ze bij zijn zusje waren, staken ze hun handen opengevouwen naar haar uit. Hande spoot er dan parfum op, waarna ze dat over hun handen wreven.

Als iedereen zat, was het tijd voor cadeautjes, thee, Turks fruit, geklets en nog meer thee, Turks fruit en geklets. En op de een of andere manier brak er dan een moment aan waarop de mannen alleen nog maar over voetbal zaten te praten, de kinderen aan het spelen waren en de vrouwen in de keuken aan het bakken en koken waren.

Voetbal. Emre vond het wel leuk, maar zijn vader was er gek op. Als hij niet werkte of op zijn *saz* zat te spelen, zat hij naar voetbal te kijken. Zijn moeder grapte vaak dat haar man twee geloven had. Zijn echte geloof was natuurlijk de islam. Maar zijn tweede geloof was het voetbal. Dat ze daar een beetje gelijk in had, kon je in de huiskamer wel zien. Een groot schilderij van Mekka hing aan de muur die op het oosten lag. Aan de muur ertegenover hing een poster van Galatasaray, de favoriete Turkse voetbalclub van zijn vader.

Na het eten trokken de mannen zich meestal terug in de kleine kamer naast de woonkamer. Daar stond de waterpijp. Ze gingen eromheen zitten en rookten. Emre dacht dat ze het daar alleen maar over heel serieuze dingen hadden. Over zaken, werk en familiekwesties. Maar langzaam was hij erachter gekomen dat ze het daar ook wel eens over minder serieuze dingen hadden. Nog steeds over voetbal, bijvoorbeeld. Emre kon eigenlijk niet wachten tot hij oud genoeg was om mee te mogen doen. Hij vond het maar irritant dat ze daar uren zaten te praten en dat hij niet precies wist wat ze bespraken. Emre zuchtte. Hij miste zijn familie een beetje. Nu al.

Hij was de vorige avond pas laat in slaap gevallen. De hele tijd waren de beelden van de dode oehoes aan hem voorbijgetrokken. Het ene moment was hij woedend geweest, het andere verdrietig. Hij had lang liggen woelen voordat de slaap vat op hem kreeg. 's Nachts was hij een paar keer wakker geschrokken. Hij had nachtmerries gehad. Flarden daarvan herinnerde hij zich nog.

Zo had hij gedroomd dat hij een pistool had, waarmee hij op een man schoot. De man was langzaam in elkaar gezakt. Om hem heen verscheen een grote plas bloed en terwijl Emre vol afgrijzen naar de dode man keek, veranderde die man langzaam in een oehoe. De uil was even groot als Emre, keek hem strak aan, bedankte hem en vloog toen weg. Emre voelde de koele wind van zijn vleugelslagen langs zijn gezicht strijken. Op de plek waar de man in elkaar was gezakt, was niets meer te zien. Maar opeens verscheen daar in grote, rode letters het woord: MOORDENAAR. Emre vloog schreeuwend overeind.

Toen hij besefte dat hij een nachtmerrie had gehad, stond hij op om het raam dicht te doen, dat door een windvlaag was opengevlogen.

Opeens begon het keihard te regenen. Dikke druppels sloegen tegen de ramen. Emre zuchtte nog dieper. Als het nou droog was gebleven, was hij naar buiten gegaan. Maar hij had echt geen zin om door de regen te banjeren. Trouwens, wat had hij buiten eigenlijk nog te zoeken nu de oehoes dood waren?

Emre draaide zich om en liep naar de keuken. Hij opende de ijskast en pakte de baklava eruit, het Turkse gebak waar hij zo gek op was. Toen zijn maag vol zat, pakte hij een blikje cola en dronk dat in één keer leeg. Hij liet een boer en ging terug naar zijn slaapkamer. Met twee stripboeken kroop hij terug in bed. Hij had nog maar nauwelijks een bladzijde gelezen, toen de telefoon ging. Snel sprong hij uit zijn bed, rende naar de woonkamer en pakte de telefoon op.

'Met Emre Diri.'

'Met mama.'

'Hallo mama. Is het leuk zonder mij?'

'Niet zo flauw doen, Emre. Je weet dat het je eigen schuld is dat je er niet bij bent. Maar het is inderdaad gezellig hier. We hebben heel mooi weer.'

'Fijn voor jullie. Hier regent en stormt het.'

'Gaat alles goed daar?'

'Het gaat wel.'

'Hoe bedoel je: het gaat wel?' Zijn moeder klonk opeens ongerust. 'Eet je wel goed elke dag?'

Emre proefde de baklava nog die hij als ontbijt had gegeten.

'Ja hoor', loog hij.

'Niet alle baklava in één keer opeten, hoor.'

Wat kende zijn moeder hem toch goed. Soms leek ze wel helderziend. 'Dat doe ik ook niet. Ik eet echt wel brood en zo.' De laatste keer dat hij brood had gegeten, was op de dag dat zijn ouders vertrokken.

'Ook niet te veel cola drinken.'

Emre had gisterochtend alle melk door de gootsteen gespoeld. Hij vond melk vies. 'Nee mama, ik drink elke ochtend en middag een beker melk.'

'Goed zo. Nou, hier komt je vader nog even. Overmorgen bel ik weer, om half elf.'

'Oké. Tot dan.'

Het was even stil aan de andere kant van de lijn.

'Hoi Emre, *baba* hier!'

'Dag baba.'

'Zijn er nog gekke dingen gebeurd op de berg? Heeft niemand dingen kapot gemaakt?'

'Nee hoor. Alles is rustig gebleven.'

'En jij? Heb je niks stoms gedaan? Niet met treinen rondgereden of zo?' Zijn vader moest om zijn eigen grap lachen.

Emre zuchtte. 'Nee, baba, ik heb niet met treinen rondgereden.'

'Goed zo. Controleer je het terrein elke dag?'

Dat had Emre gelukkig wél echt gedaan. 'Ik controleer het terrein twee keer per dag, baba. Een keer in de ochtend en een keer in de avond.'

'Hartstikke goed, jongen. Als je zo doorgaat, kom ik niet meer terug. Dan mag jij De Levant hebben en ga ik met pensioen.' Zijn vader was kennelijk in een grappige bui.

'Je bent nog veel te jong voor pensioen.'

'Nee hoor. Ik kan al net zo goed op de bank zitten als opa en oma.'

Op de achtergrond hoorde hij zijn oma in het Turks mopperen.

'Oma vindt me brutaal', zei zijn vader. 'Als ik straks heb opgehangen, krijg ik vast een pak slaag.' Weer moest hij om zichzelf lachen. 'Alles goed met je neef? Zorgt hij goed voor je?' 'Alles goed met je neef? Zorgt hij goed voor je?'

Emre slikte. Kemal was er helemaal niet. Zijn neef was zaterdag aangekomen. Zodra Emre's ouders en zusje naar het vliegveld waren vertrokken, was Kemal weer in de auto gesprongen en weggereden.

'Jij bent oud genoeg om voor jezelf te zorgen. Ik ga naar een vriendin in Luik en kom af en toe wel eens kijken hoe het met je gaat. Niets zeggen! Tegen niemand!'

Emre had hem lachend nagekeken. Nu werd het nog leuker, dat thuisblijven.

'Ja, hoor. Het is hier gezellig met Kemal', loog Emre.

'Oké, jongen. Pas goed op jezelf en we spreken elkaar over twee dagen.'

'Tot dan.'

'Tot dan, baba.'

Emre hing op. Inmiddels was het buiten nog harder gaan regenen. Hij liep naar de koelkast en pakte nog een stuk baklava. Daarna plofte hij op de bank en zette de tv aan. Hij begon te zappen zonder echt te kijken. Hij moest de hele tijd aan de dode oehoes denken.

Die avond zat Emre nog steeds voor de tv. Hij was die dag maar een paar keer van de bank gekomen. Twee keer om iets te drinken, twee keer om de dvd te verwisselen en één keer om zich om te kleden. Hij had net deel 3 van *Lord of the Rings* in de dvd-speler gedaan, toen zijn maag begon te knorren. Tijd voor een broodje kebab.

Op weg naar de keuken hoorde hij plotseling het geluid van een naderende auto. Hij bleef staan. Ingespannen stond hij een tijdje te luisteren, maar hij hoorde niets meer. Zal wel mijn verbeelding zijn geweest, dacht Emre en hij liep de keuken in. Maar net toen hij het broodmes pakte, hoorde hij hetzelfde geluid. Dat klonk toch echt als een naderende auto. Weliswaar bereikte het geluid hem door de harde wind slechts bij vlagen, maar hij was er bijna zeker van dat een auto de berg op reed. Hij verstijfde. Een auto op de Observant? Op dit tijdstip? Hij verwachtte niemand. Geen familie, geen vrienden. Misschien waren het wel inbrekers, net als vorig jaar...

Wat moest hij doen!? De politie bellen? Nee, slecht idee. Stel dat er niks aan de hand was. Dan waren ze er meteen achter dat hij alleen thuis was. Het zweet brak hem uit. Weer hoorde hij de auto, nu nog dichterbij.

Hij besefte dat hij zelf poolshoogte moest gaan nemen. Hij rende naar zijn kamer, pakte zijn zaklamp en honkbalknuppel en liep met een kloppend hart naar de voordeur.

Hij knipte het ganglicht uit, stopte, sloot zijn ogen, sprak zichzelf moed in, greep de deurknop en draaide die om. Voorzichtig deed hij de deur open en keek door de kier naar buiten. Ingespannen speurde hij het terrein af. Hij zag niets vreemds, maar vanuit de deuropening kon hij lang niet alles zien. Hij deed de deur helemaal open en stapte naar buiten, met in zijn ene hand de zaklamp en in zijn andere de honkbalknuppel.

Het waaide nog steeds hard, maar het regende even niet. Het silhouet van de uitzichttoren stak zwart af tegen de lucht. Emre moest erlangs lopen om de poort goed te kunnen zien. Terwijl hij in de richting van de toren liep, bedacht hij opeens dat het niet zo slim was om zijn zaklamp aan te laten staan. Het bewegende licht zou zijn aanwezigheid kunnen verraden. Snel deed hij zijn lamp uit en bleef toen even staan om zijn ogen aan het donker te laten wennen. Al snel kon hij alles voldoende onderscheiden. Hij keek in de richting van de kabelbaan en het restaurant. Niets raars te zien. Hij keek in de richting van de poort. Ook daar zag hij niks opvallends. De poort was gewoon dicht. Behalve de bladeren en de takken van de bomen en de struiken, bewoog er niets. Zou hij zich verbeeld hebben dat hij een auto de berg op hoorde rijden? Misschien wel. Misschien waaide het geluid van de weg langs de Maas naar boven en had hij dat gehoord.

Terug bij het busje had Pieter de zijdeur opengeschoven. Hij gebaarde naar Lars en Stefan dat ze stil moesten zijn en wenkte hen naar buiten. De twee mannen sprongen een voor een op het pad.

'Er is iemand thuis. Als het goed is, is dat alleen die jongen', fluisterde Pieter.

'Dus je gaat via de poort?'

'Nee. Dat is te link. Stel dat er wel anderen zijn... We moeten de boel eerst even verkennen. Ik klim hier door de struiken naar boven en knip bij de speeltuin een gat in het hek. Daar kan ik het terrein op, zonder dat ik meteen in de gaten loop.'

Stefan liep naar de achterkant van het busje, opende de deur en pakte een van de grote tangen uit de kist die daar stond. Hij reikte hem aan. 'Hiermee moet het lukken.'

'Bedankt', zei Pieter, terwijl hij de tang aannam. 'Lars, blijf jij op het pad staan om de boel in de gaten te houden?'

'Goed.'

'Stefan? Ga jij achter het stuur zitten? Als er iets misgaat, moeten we er meteen vandoor.'

'Oké.'

'Nou. Tot zo dan', fluisterde Pieter. Hij liep om het busje heen en begon zich door de struiken een weg te banen in de richting van de speeltuin boven hem.

Bij het hek aangekomen, liet hij zich op zijn knieën zakken en begon de draden een voor een door te knippen. Gelukkig maakte de tang geen enkel lawaai. Toen het gat groot genoeg was, wurmde hij zich erdoor, kroop naar de glijbaan en kwam daar overeind om om zich heen te kijken. Opeens zag hij hoe een kleine, donkere gestalte in de richting van de poort bewoog.

Emre stond bij de poort en keek naar de weg erachter. Hij kon alleen het stukje tot aan de bocht zien. Nog steeds niemand te bekennen. Behalve de wind en de ruisende boomtoppen hoorde hij niets. Geen auto, geen stemmen, niets. Een beetje gerustgesteld knipte hij zijn zaklamp weer aan en richtte hij de lichtstraal op de sloten. Voor de zekerheid voelde hij eraan. Ze waren volledig intact. Snel terug naar huis, dacht Emre opgelucht en hij draaide zich om.

Er stond iemand op het pad.

Emre schreeuwde van de schrik en liet zijn zaklamp vallen. De man deed een paar snelle stappen in zijn richting. Emre deinsde achteruit en botste met zijn rug tegen de poort. De man had een bivakmuts op en richtte iets op hem. Een pistool?

'Nee, nee!' gilde hij doodsbang. 'Niet schieten, alsjeblieft niet schieten.'

'Schreeuw niet zo, Emre', zei Pieter, terwijl hij hem bij een arm vastpakte. 'Je maakt veel te veel lawaai.'

'Ma-ma-maar ik wil niet dood', stamelde Emre. Hij had Pieters stem niet herkend en was te bang om zich af te vragen hoe die man zijn naam kende.

'Dat ga je ook niet. Hou gewoon je mond dicht en doe wat ik zeg. Begrepen?'

'Ja', zei Emre met een droge mond.

'Goed. Ik ga je een paar vragen stellen. Jij antwoordt door ja te knikken of nee te schudden. Je zegt niks meer. Oké?'

Emre knikte.

'Zijn er nog andere mensen in het huis?'

Emre schudde zijn hoofd.

Pieter wilde het zeker weten: 'Als je liegt, krijg je ruzie met me, dus ik vraag het nog één keer: zijn er nog andere mensen in het huis?'

'Nee, echt niet, echt niet, ik zweer het!' riep Emre en hij barstte in snikken uit.

'Niet praten, zei ik', beet Pieter hem toe. 'Zijn je ouders en zusje op vakantie?'

Emre was nog steeds te bang om zich af te vragen hoe de man wist dat hij hier met zijn ouders en zusje woonde en dat die op vakantie waren. Hij knikte alleen maar.

'De hele herfstvakantie?'

Weer knikte Emre.

'Is er verder niemand op De Levant? Niemand om op jou te passen?'

Emre dacht aan zijn neef en schudde zijn hoofd.

'Heeft je vader een bewakingsdienst ingeschakeld die af en toe langs komt?'

Emre schudde opnieuw het hoofd.

'Heb je iemand gebeld voordat je naar buiten kwam?'

Weer schudde Emre het hoofd.

'Geen alarm ingedrukt of zo?'

Nee, schudde Emre zijn hoofd.

Pieter liet de arm van de jongen los, deed een stap achteruit en liet zijn pistool zakken. 'Je mag weer praten. Heb je de sleutels van deze poort?'

'Ja', zei Emre.

Pieter stak zijn hand uit.

'Ik heb ze niet bij me, ze liggen binnen.'

Pieter gebaarde met zijn pistool in de richting van het huis.

'Kom. We gaan de sleutels halen. Loop maar voor me uit. En denk eraan: als je probeert te vluchten, schiet ik.'

Emre was echt niet van plan om weg te rennen. Dat zou ook helemaal niet gaan, want zijn benen voelden aan alsof ze van lood waren. Aarzelend zette hij een stap in de richting van het huis.

'Kom op! Opschieten', snauwde Pieter.

Emre begon te lopen. Pieter pakte de zaklamp van de grond en liep achter hem aan. Hij scheen op het terras, het restaurant en de speeltuin en daarna in de richting van de uitkijktoren. Niemand te zien, gelukkig.

Even later liepen ze het huis in. Overal brandde licht. In de huiskamer stond de televisie aan. Emre liep naar de keuken. Op het aanrecht stond een sleutelkastje. Hij opende het, pakte de sleutels van de poort en gaf ze aan Pieter. Die legde de zaklamp op de keukentafel, pakte de sleutels aan en stopte ze in zijn zak.

'Ik wil ook de sleutels van de uitkijktoren', zei die.

Emre gaf ze aan.

'Terug naar de hal', beval Pieter.

De man en de jongen liepen terug naar de hal. Pieter opende de deur van de meterkast, pakte de stofzuiger eruit en wees naar binnen. Emre begreep wat de man bedoelde en stapte in de meterkast. Pieter pakte een setje handboeien uit een van zijn zakken en gaf ze aan de jongen. 'Omdoen, sluiten en sleutel aan mij geven', zei hij.

Emre deed wat Pieter hem opdroeg.

'Zitten', beval Pieter.

Emre ging op de vloer van de meterkast zitten. Pieter deed zijn pistool achter zijn riem en trok zijn bivakmuts af. 'Hallo Emre', zei hij.

Emre had het gevoel alsof iemand hem een stomp in zijn maag had gegeven. Hij voelde het bloed uit zijn gezicht wegtrekken. Vol onbegrip keek hij Pieter een paar tellen aan. Toen begon hij opeens te lachen. 'Dit is een goede grap, zeg. Ik had niet verwacht dat je zo snel hier zou zijn. Toen ik je gisteren over die oehoes belde, zei je nog dat je niet meteen kon komen. Man, ik ben me echt helemaal kapot geschrokken.'

Pieters gezicht bleef strak.

Emre lachte en stak zijn handen in de lucht. 'Maak me los, dan haal ik wat te eten en vertel ik je alles over de dode oehoes.'

'Dit is geen grap, Emre', zei Pieter.

Emre keek naar het gezicht van zijn vriend. Daarop was geen enkele emotie te zien. Hij was toch niet serieus? 'Kom, maak me los. Ik vind het niet leuk meer', zei hij, terwijl de glimlach van zijn gezicht verdween.

Pieter ging op zijn hurken zitten en keek de jongen doordringend aan. 'Emre, dit is echt geen grap. Ik vind het jammer dat ik dit moet doen, want je bent een aardige jongen, maar het is géén grap. Echt niet.'

Het begon tot Emre door te dringen dat het Pieter ernst was en hij werd weer bang. 'Je gaat me toch niet vertellen dat je dit meent, hè?'

'Ik meen het. Het is echt geen grap. Jij bent niet belangrijk. Ik ook niet. Dit gaat niet over jou en mij. Dit gaat over onze wereld, over de natuur. Als onze vriendschap daarvoor kapot moet gaan, dan is dat maar zo.'

Pieters stem klonk hard, zonder emotie. Zo had Emre hem nooit eerder gehoord. Hij liet zijn handen zakken en keek naar zijn handboeien. Pieter, zijn vriend Pieter, gijzelde hem!? Verontwaardigd keek hij op. 'Waarom doe je dit?'

'Dat vertel ik je later wel.'

'Ik wil het nu weten.'

Pieter stond op. 'Later', zei hij.

Emre werd verschrikkelijk kwaad. 'Maak me los!' schreeuwde hij. 'Maak me onmiddellijk los, jij vuile hond!' Hij hijgde van woede. In een paar tellen waren de gevoelens van vriendschap die hij altijd voor Pieter had gehad, omgeslagen in een gevoel van intense haat.

Pieter keek hem aan zonder een spier te vertrekken. Hij pakte een stuk touw uit zijn andere jaszak, hurkte weer en bond de voeten van de jongen vast aan een pijp van de gasmeter. Hij keek Emre dreigend aan. 'Geen trucs, Emre', zei hij. Hij stond op, sloeg de deur van de meterkast met een klap dicht en draaide hem op slot.

Even later zag Stefan, die nog steeds achter het stuur van het busje zat, de lichtbundel van een zaklamp, die over het pad naar hem toe bewoog. Zou dat Pieter zijn? Voor de zekerheid stapte hij uit en richtte zijn pistool op de lichtstraal.

'Pieter!?'

'Rustig, Stefan! Ik ben het', reageerde Pieter.

Stefan liet zijn pistool zakken. Lars was intussen naast hem komen staan en even later waren de drie vrienden met elkaar verenigd.

'En?' vroeg Stefan.

'Op Emre na is er niemand. Kom, we gaan naar boven.'

Lars en Pieter stapten snel weer achterin. Ze namen niet eens meer de moeite de zijdeur dicht te schuiven. Met gedempte lichten hobbelde het busje het laatste stuk van de weg omhoog.

Meteen nadat Stefan het terrein van De Levant was opgereden, sprong Pieter uit het busje en rende naar de poort. Hij deed hem dicht, draaide hem in het slot en bracht de kettingsloten weer aan. Daarna rende hij naar de uitkijktoren, waar Stefan het busje intussen had geparkeerd. Pieter opende de deur van de uitkijktoren en deed de lichten aan. 'Zo', zei hij, terwijl Stefan en Lars naast hem kwamen staan.

'Een betere plek om onze vrienden op te bergen, kon ik me niet bedenken.'

Pieter had gelijk. De toren leek wel gemaakt voor deze ontvoering. Hij was ongeveer twaalf meter hoog en had vier verdiepingen. Op elke verdieping zaten vier kleine raampjes. Voor de gijzelaars was het onmogelijk om te ontsnappen. Mochten ze zich al los weten te maken, dan konden ze alleen via de smalle trap naar beneden. Die was natuurlijk gemakkelijk in de gaten te houden. Uit een van de raampjes klimmen kon niet, daarvoor waren ze te klein.

Verder had je boven een perfect uitzicht. Vanaf de toren kon je de hele omgeving van de Observant in de gaten houden. De weg naar boven, het dorpje Kanne, een groot deel van de Sint-Pietersberg en de weg die langs de Maas naar België liep. Als ze goed de wacht zouden houden, kon niemand ze hier verrassen. Zelfs als ze al overvallen zouden worden, konden ze zich prima in de toren verschansen. Maar Pieter was ervan overtuigd dat niemand ze hier zou vinden.

'We leggen De Vries en Wolfsen op de derde verdieping. Emre en Juul gaan naar de vierde', zei Pieter.

Twintig minuten later zaten De Vries en Wolfsen tegenover elkaar op de houten vloer van de derde verdieping, met hun rug tegen de muur. Stefan had hun blinddoeken afgedaan.

Met een mengeling van angst en nieuwsgierigheid keken ze om zich heen. Praten konden ze nog steeds niet, omdat Stefan de tape op hun mond had laten zitten.

Pieter keek de minister en de directeur beurtelings aan. 'Jullie twee hebben de aarde verraden voor olie en voor geld. Totdat de Nederlandse regering alsnog het klimaatvoorstel van Canada accepteert, zitten jullie vast. Als jullie proberen te ontsnappen, schieten we jullie dood.'

Er viel een stilte, waarin iedereen de woorden van Pieter op zich in liet werken. De Vries keek naar zijn voeten. In zijn ogen stond radeloosheid. Pieter liep eerst naar de minister en daarna naar de directeur en haalde de tape van hun mond.

'Hebben jullie iets te zeggen?'

De Vries schudde zijn hoofd.

'Ja', zei Wolfsen agressief. 'Hier krijgen jullie spijt van.'

'Dat zullen we nog wel eens zien, mijnheer de directeur. Voorlopig zijn jullie degenen die vastzitten en niet wij', zei Pieter. Hij gebaarde naar Lars en Stefan en de drie mannen liepen zwijgend naar beneden. Bij de ingang van de toren bleven ze staan.

'We moeten om de beurt de wacht houden', zei Pieter. 'Ik stel voor dat een van ons beneden gaat staan en een ander boven. De derde kan dan rusten. Om de vier uur wisselen we elkaar af. Mee eens?'

Stefan en Lars knikten.

'Ik begin wel boven', zei Pieter. Hij draaide zich om en liep terug naar de trap. Een paar minuten later stond hij buiten, op de toren. De wind was eindelijk wat gaan liggen. Aan de zwarte hemel stonden een bijna volle maan en talloze, fonkelende sterren. Her en der dreven nog grote wolken. Hij keek in de richting van de Maas. Het oppervlak van de rivier glinsterde in het maanlicht zodat het leek alsof er een gigantische, zilveren slang door het dal kroop. Pieter sloot zijn ogen, haalde diep adem en blies zijn longen met een lange zucht leeg. Vanaf vandaag ben ik een terrorist en een weg terug is er niet, dacht hij. Hij opende zijn ogen weer. Wat was het eigenlijk stil en verlaten om hem heen, onheilspellend bijna...

Opeens hoorde hij een langgerekte kreet achter hem: 'Whoeooooh!' Hij draaide zich geschrokken om en zag nog net hoe een grote, donkere schaduw zich losmaakte van de bomen en in de richting van de groeve vloog. Pieters hart klopte in zijn keel. Een oehoe! Dat was een oehoe! Zou het een voorteken zijn?

Binnen had Emre de oehoe ook gehoord. Hij was overeind geschoten en luisterde een tijdje ingespannen, maar toen hij niets meer hoorde, ging hij weer liggen. Ook hij voelde zijn hart bonken. Een oehoe! Er was weer een oehoe in Maastricht! Misschien kwam toch nog alles goed...

Emre, wiens handen en voeten nog steeds aan elkaar vastgebonden waren, lag op zijn eigen matras. Stefan had hem dat gebracht. Ook voor Juul, die aan de andere kant van de torenkamer lag, had hij een matras uit het huis van de familie Diri meegenomen. Emre hoorde het meisje zwaar ademen. Zou ze slapen? Hij had nog geen woord met Juul gewisseld. Volgens hem was ze ziek, doodziek. Ze was heel bleek en piepte en hijgde als een oude mijnwerker.

Niet dat hij zin had om met haar te praten. Hij was totaal in de war. De korte vreugde die hij had gevoeld toen hij de oehoe had horen schreeuwen, was alweer verdwenen. Daarvoor in de plaats waren heel veel andere gevoelens gekomen, die elkaar in een hoog tempo afwisselden. Hij was bang, kwaad, verdrietig, verontwaardigd en verbijsterd tegelijkertijd. Hoe had dit kunnen gebeuren? Pieter, een man die hij als een goede vriend beschouwde, iemand die door hem en zijn familie altijd gastvrij was ontvangen, een man die hij had geholpen met zijn onderzoek, had drie mensen ontvoerd en hem gegijzeld. Waarom? Waarom hij? Waarom hier? Hoe kon hij zoiets doen? Pieter had gezegd dat het voor de goede zaak was, voor de natuur. Dat die belangrijker was dan hij of hemzelf. Was dat zo? Waren deze misdrijven opeens geoorloofd, omdat zij voor een goed doel werden begaan? Emre wist het niet. Op school was wel eens een oude man langs geweest die tijdens de Tweede Wereldoorlog in het verzet had gezeten en een of andere hoge Duitser op straat had doodgeschoten. Hij had een onderscheiding gekregen van de koningin en iedereen vond hem een held. Emre ook. Toch was het een moord geweest, maar omdat het voor de goede zaak was geweest, zag niemand het als een misdrijf. Was dit ook zo? Waren de ontvoeringen en deze overval die Pieter en zijn vrienden hadden gepleegd misschien ook heldendaden in plaats van misdrijven? Die gedachte stuitte Emre tegen de borst, maar hij wist niet precies waarom. Het was anders, dat was het, maar waarom? De Duitsers hadden de Nederlanders hun vrijheid afgepakt en als je anders dacht dan zij, kon je door ze worden doodgeschoten als ze daarachter kwamen. Maar de vrijheid van Pieter was nooit bedreigd door de mensen die hij had ontvoerd en al helemaal niet door Emre. Het leven van Pieter was ook niet in gevaar geweest. Of was dat misschien wél zo? Waren luchtvervuiling en de vernietiging van de natuur vanwege olie en geld misschien ook misdrijven? Misdrijven die heel veel levens bedreigden? Misdrijven waar je iets tegen mocht doen; waarvoor je zelf misdrijven mocht plegen om ze te stoppen?

Emre wist het niet. Het voelde gewoon niet goed dat een vriend hem zo behandelde. Om wat voor reden dan ook. Emre had Pieter altijd volledig vertrouwd. Hij had dat vertrouwen beschaamd. Als Pieter een echte vriend was geweest, dan had hij dit niet gedaan. Dan was hij ergens anders heengegaan. Of hij had hem van tevoren gewaarschuwd. Door hem te overvallen en daarna zelfs vast te binden, had Pieter laten merken dat hij Emre niet als een vriend zag, maar als een ding. Een ding dat hij kon gebruiken als hij het nodig had en opzij kon schuiven als het in de weg stond. Pieter had hem belazerd. Hij had hun vriendschap verraden.

Terwijl Emre dat besefte, gloeide in zijn hart een nieuw gevoel op. Een gevoel dat hij nog nooit eerder had gehad, maar toch herkende. Een vurig gevoel, zoals woede, maar tegelijk heel anders. Als hij echt kwaad werd, verloor hij zijn hoofd. Dan kon hij even niet meer nadenken en deed hij stomme dingen. Maar nu werd hij juist heel rustig en kon hij opeens weer helder denken, ook al leek zijn hart in brand te staan.

Het was haat. Emre haatte Pieter. En weer, net als gisteravond, toen hij de dode oehoes had gevonden, zwoer hij
wraak te nemen. Maar dit keer wist hij op wie hij wraak
moest nemen. Met de haat en de wraakzucht kwam een verlangen dat hij nooit eerder zo duidelijk en sterk had gehad:
het verlangen om een ander mens iets aan te doen. Het verlangen om Pieter iets aan te doen.

Hij begon te fantaseren over wat hij met Pieter zou doen, als
dit voorbij was en hij hem te pakken zou krijgen. Hij verbeeldde zich hoe hij het pistool van Pieter zou afpakken,
hem onder schot naar de mergelgroeve zou laten lopen en
zou dwingen in de afgrond te springen. Net op het moment
dat hij voor zich zag hoe Pieter naar beneden viel, schrok hij
op van de fluisterstem van Juul.

'Ben jij wakker?'

Emre twijfelde even. Zou hij antwoorden of doen alsof hij
sliep? 'Ik ben wakker', zei hij toen.

'Wie ben je?'

'Ik ben Emre Diri. Ik woon hier.'

'Waar is hier? Ik weet niet waar we zijn.'

'In Maastricht. Nou ja, op een heuvel in de bossen bij
Maastricht.'

Het was even stil. De raspende ademhaling van Juul klonk
door de ruimte.

'Wie ben jíj eigenlijk?' vroeg Emre.

'Juul... Juul Vissers.'

'Hoe kom jij hier? Waarom hebben ze jou ontvoerd?'

'Dat is een lang verhaal.'

'Ik wil het best horen.'

Juul zocht naar wat laatste restjes energie en toen ze die had gevonden, vertelde ze dat ze ziek was, van huis was weggelopen en naar minister De Vries in Den Haag was gegaan, waar ze was ontvoerd.

'Ik dacht al dat je ziek was', zei Emre. 'Is het heel erg?'

'Ja.'

Emre werd bang en nieuwsgierig tegelijk. 'Hoe erg?'

'Als ik niet binnen een week in een zuurstoftent lig, ga ik dood.'

Emre slikte en zweeg. Zou dit wel voorbij zijn binnen een week? En als het dan niet voorbij was, zou ze hier dan sterven? Hij wist even niet wat hij moest zeggen.

'Ik weet wat je denkt, maar het is niet erg', zei Juul.

'Het is wél erg', reageerde Emre. Hij dacht weer aan Pieter... Die schoft! Hoe kon hij zoiets doen? 'Het is wél erg en ik laat het niet gebeuren', zei hij toen.

Nog voor Juul kon reageren, ging opeens het luik naar de bovenste verdieping open. Pieter kwam naar beneden, met zijn zaklamp aan. Hij richtte de straal op het gezicht van Juul, die haar ogen dicht had. Ze deed alsof ze sliep en Pieter trapte erin. Toen richtte hij de straal op het gezicht van Emre, die zijn ogen openhield, ook al deed dat pijn. Een paar tellen keken Pieter en Emre elkaar aan, zonder iets te zeggen. Daarna knipte Pieter zijn lamp uit en ging weer naar boven.

13

Toen de kapitein van de Aurora het andere schip zag, was het al te laat. Met een klap boorde de voorsteven van de Cadiz zich in de stuurboordzijde van zijn schip. Een heftige rilling voer door de tanker. Even leek het alsof de Cadiz dwars door de Aurora zou varen, maar met veel gepiep en geknars kwam hij tot stilstand. Ergens halverwege onder het dek van de Aurora was de neus van de Cadiz blijven steken. Een merkwaardige stilte daalde neer over het tafereel. Op de bruggen van beide schepen krabbelden de gevallen officieren verdwaasd overeind. Vol ongeloof keken ze naar buiten. Het ene moment waren ze nog onbekommerd op weg geweest naar hun zoveelste bestemming, het volgende moment waren ze betrokken bij een enorme aanvaring. Het geluid van de sirenes en het geschreeuw van de bemanningsleden die naar de brug renden, brachten hun weer bij hun positieven. Meteen kwamen ze in actie.

De kapitein van de Aurora wees de mannen op de brug een voor een aan en gaf ze bevelen.

'Jij gaat met een paar mensen de schade bekijken en komt daarna zo snel mogelijk rapport uitbrengen', zei hij tegen de wachtofficier. Die wees op zijn beurt twee bemanningsleden aan en verdween.

'Jij gaat de bemanning tellen', zei hij tegen zijn eerste stuurman. 'Ik wil weten of er mensen gewond, dood of overboord geslagen zijn. En als dat zo is, wil ik precies weten hoeveel het er zijn.'

Hij wendde zich tot zijn radioman. 'Breng het *mayday* uit en zoek contact met het andere schip en met de wal. Zeg dat het een zeer ernstig ongeluk is en dat we alle hulp kunnen gebruiken. Laat ze in godsnaam ook al het scheepvaartverkeer in deze buurt waarschuwen, zodat niet nog een ander schip op ons knalt.'

Ten slotte wees hij een bemanningslid aan. 'Pak de noodvuurpijlen en schiet er om de tien minuten een af.'

De Cadiz was een Spaans vrachtschip dat met een lading auto's van Dover naar Rotterdam voer. Het schip had de haven in de middag van 15 maart 2007 verlaten.

De Aurora was een mammoettanker, die met meer dan honderdduizend ton olie van Noorwegen naar Italië onderweg was. Het schip was in 1979 gebouwd en had deze reis al honderden keren gemaakt. Daarbij voer het altijd vanuit de Noorse havenstad Bergen door de Noordzee en het Kanaal, langs de kusten van Frankrijk, Spanje en Portugal, door de Straat van Gibraltar en de Middellandse Zee naar de Italiaanse havenstad Bari.

Voor de kapitein en de bemanning was de reis eigenlijk een routineklus. Enkelen van de matrozen en officieren werkten al meer dan twintig jaar voor dezelfde rederij. De kapitein kreeg al in 1981 het bevel over de Aurora, dus hij kende het schip als zijn broekzak. Dankzij hun grote ervaring nam iedereen aan boord zijn werk serieus. Het gevaar lag altijd op de loer. De route van Noorwegen naar de Middellandse Zee was namelijk een van de drukste scheepvaartroutes ter wereld. Dat gold zeker voor het Kanaal en de Straat van Gibraltar. Het barstte er altijd van de schepen. Ze waren er in alle soorten en maten te vinden en hadden alle bestemmingen die je maar kon bedenken. Het risico op aanvaringen was daarom heel erg groot. De kapitein en zijn officieren wisten dat ze zich geen moment van onachtzaamheid konden veroorloven. Ze letten altijd erg goed op hun omgeving en eisten van iedereen aan boord volledige concentratie. Als iemand er met de pet naar gooide tijdens een reis, dan ging hij de volgende keer niet meer mee.

Wat was er deze keer dan misgegaan? Het antwoord was eenvoudig: over het Kanaal hing een hele dikke laag mist tijdens die toch al donkere nacht. Met het blote oog kon je andere schepen pas zien als ze vlakbij waren. Het maakte niet uit hoe goed verlicht ze waren. Niet voor niets klonk over het water uit alle richtingen het constante geschal van de mist-hoorns, sommige van heel ver, andere van dichterbij. Natuurlijk waren beide schepen met een radar uitgerust. De Aurora had de Cadiz op zijn scherm zien naderen. De wacht-officier dacht dat de Cadiz ook op radar zou varen en dus op tijd van koers zou veranderen als hij de Aurora zou zien. De Cadiz kwam immers van stuurboord en de regel is dat stuurboord voor bakboord dient te wijken. Misschien lette de wachtofficier op de Cadiz niet goed op zijn scherm. Misschien deed zijn radar het zelfs helemaal niet en stond iedereen op de brug te slapen. Wat het ook was, de Cadiz verlegde zijn koers niet. De stuurman van de Aurora probeerde het schip uit alle macht bij te draaien. De wacht-officier liet de kapitein waarschuwen. Hij probeerde wanho-pig contact met de Cadiz te leggen, maar dat mislukte. Op zijn bevel toeterde de misthoorn onophoudelijk. Ook liet hij de hele tijd lichtsignalen uitzenden. Niets leek te helpen. Olietankers zijn heel logge schepen. Als ze eenmaal op snel-heid zijn, liggen ze niet zomaar stil. Ze zijn natuurlijk niet zo wendbaar als bijvoorbeeld een kleine zeilboot, dus een scherpe bocht maken kan niet. De acties van de stuurman en de wachtofficier hadden dan ook geen zin meer.

Toen de kapitein, die in zijn hut had liggen slapen, de brug opvloog, zag hij nog net hoe de Cadiz de Aurora midscheeps ramde.

Binnen vijf minuten nadat hij bevel had gekregen de schade te gaan opnemen, was de wachtofficier terug. 'De schade is enorm, zowel boven als beneden de waterlijn. Ik ruik geen brandlucht. We verliezen olie en maken ook water, maar ik denk dat het nog meevalt, omdat dat andere schip bijna vijftien meter diep in onze romp zit. Dat ding werkt als een soort kurk. Als het zich nu van ons los zou maken, dan gaan we heel veel olie verliezen. Volgens mij is het grootste gevaar nu dat we doormidden breken', hijgde hij.

De stuurman kwam binnen rennen. 'Geen doden, geen gewonden en niemand overboord, kapitein.'

'Hoe zit het met de mensen op dat andere schip?'

'Dat andere schip is de Cadiz. Een vrachtschip uit Spanje. Ik heb net contact met ze gemaakt', riep de radioman. 'De Cadiz wil u graag spreken.'

De kapitein beende naar de radio: 'Oké, geef maar.'

Na een stortvloed aan slecht Engels, verbrak hij de verbinding en keek hij naar zijn mannen op de brug. 'Twee doden en drie gewonden op een bemanning van twaalf. Hun radar was kapot. Hun kapitein is het met me eens dat we de schepen beter zó kunnen laten liggen, totdat er voldoende hulp is. Als hij nu volle kracht achteruitgaat, zinkt hij waarschijnlijk want zijn hele neus ligt eraf. En wij kapseizen dan. Nu houden wij hem drijvende en hij ons. We horen wel van de bergers hoe we dit varkentje moeten wassen.'

'De wal is ingelicht. Er is al een helikopter onderweg en...'

Op dat moment weerklonk er een vreselijk lawaai en begon het schip hevig te trillen. Geschrokken keek iedereen naar buiten, in de richting van het geluid. Met grote ogen zagen ze hoe het dek begon te scheuren.

'We gaan breken!' schreeuwde de stuurman. 'We...'

'Rustig blijven!' onderbrak de kapitein hem scherp. 'Licht de wal en de Cadiz in. Zeg dat we gaan breken en het schip gaan verlaten. Zeg ook tegen de Cadiz dat zij meteen van boord moeten gaan.'

Terwijl de radioman de berichten insprak, riep de kapitein: 'Iedereen naar de reddingsboten. Nu!'

De eerste helikopter verscheen boven het rampgebied toen het licht werd, de mist begon op te trekken en de bemanningen van beide schepen al een uur in hun bootjes op zee ronddobberden. Precies op dat moment brak de Aurora met een vreselijk geluid doormidden. Een enorme hoeveelheid olie stroomde uit de tanker. Langzaam kwamen het voorschip en het achterschip omhoog.

Nu de Cadiz niet langer werd vastgehouden door de Aurora, kwam hij met zijn kapotte neus in volle zee te liggen. Het schip begon snel water te maken, waardoor de voorsteven steeds dieper in de zee wegzakte. Toen op een gegeven ogenblik het voorschip van de Cadiz helemaal onder de golven lag, kwam ook de achtersteven langzaam omhoog.

Het was een bizar tafereel. Drie reusachtige stukken schip staken vlak bij elkaar rechtop de lucht in. Ze zakten steeds dieper weg, maar het leek wel alsof ze zich daartegen verzetten. Uit de zinkende schepen ontsnapte voortdurend lucht. Dat veroorzaakte diepe en droevige tonen, die klonken als het langgerekte gehuil van sirenes. De schepen deden denken aan beesten in doodsnood. Het was alsof ze om hulp schreeuwden. Veel mannen konden hun tranen niet bedwingen, toen zij de vaartuigen zagen verdwijnen. Voor sommigen waren de schepen al jaren hun enige thuis.

In de loop van de ochtend verschenen steeds meer helikopters boven het rampgebied. In enkele daarvan zaten mensen die de zinkende schepen filmden of fotografeerden. Andere helikopters begonnen met het redden van de scheepsbemanningen. Uit hun luiken daalden mannen aan kabels neer, die zich in de reddingsboten lieten zakken. Daar maakten zij een schipbreukeling aan de kabel vast en hesen die vervolgens naar boven. Een ander bemanningslid van de helikopter ving de naar boven getakelde zeeman op, maakte hem los en liet de kabel weer naar de boot zakken, zodat de volgende man kon worden opgehesen. Weer een ander bemanningslid zorgde ervoor dat de zeeman een plek kreeg in de helikopter, zittend of liggend, gaf hem een deken en wat te eten en drinken. Dat herhaalde zich net zo lang totdat de hele reddingsboot leeg was. Binnen een uur waren alle zeelieden veilig aan boord van de helikopters, inclusief de gewonden van de Cadiz.

Zodra ze vol zaten, vlogen de helikopters terug naar Dover. De gewonden werden daar naar een ziekenhuis overgebracht, terwijl de andere mannen werden verhoord over het ongeluk. Het onderzoek naar de oorzaak van de ramp was bij wijze van spreken al begonnen toen de wrakken van de Aurora en de Cadiz nog op weg waren naar de zeebodem. De Engelse regering, de eigenaren van de schepen en hun verzekeraars wilden precies weten wat er was gebeurd, zodat kon worden bepaald wie de schade moest betalen.

De ramp had twee levens en twee schepen gekost. Maar daarmee was het helaas niet afgelopen. Nog lang niet zelfs.

De Aurora had bijna dertigduizend ton olie verloren, dus op de Noordzee dreef een heel grote olievlek.

Op verzoek van de Britse regering waren niet alleen vanuit Groot-Brittannië, maar ook vanuit Nederland, België en Frankrijk schepen vertrokken die speciaal waren gemaakt om olievlekken te bestrijden. Sommige van die schepen hadden heel grote zijarmen met pompen erin. Die armen klapten ze uit en legden ze op het water, om daarmee de wegdrijvende olie bij elkaar te vegen en op te zuigen. Andere vaartuigen hadden oliekerende schermen bij zich. Die schermen werden zo in de zee gelegd dat er een kraal ontstond, waarbinnen de olie bijeen kon worden gedreven. De verzamelde olie werd dan door andere schepen met pompen uit het water gezogen. Boven het rampgebied cirkelde constant een vliegtuig dat aanwijzingen gaf aan de schepen die al waren aangekomen. Alleen vanuit de lucht was namelijk te overzien wat er allemaal moest gebeuren.

Een olievlek laat zich het gemakkelijkst opruimen als de zee kalm is. Het ongeluk was gebeurd in heel rustig weer, ook al mistte het verschrikkelijk. In de eerste 24 uur na de ramp kon de olievlek dan ook goed worden beheerst. Maar het probleem was dat er toen nog niet genoeg schepen voor oliebestrijding beschikbaar waren. De meeste daarvan waren onderweg en intussen werd de olievlek alsmaar groter.

Op zondag 18 maart begon het flink te waaien. De zee werd erg onrustig. De golven werden alsmaar hoger en waar geen olie dreef, ontstonden schuimstrepen op het water. Op een gegeven moment was de wind toegenomen tot windkracht 7. De eerste voorjaarsstorm van het jaar dreigde de kop op te steken. In dit weer was het voor de oliebestrijdingsschepen bijna onmogelijk hun werk te doen. Ook het cirkelende vliegtuig had er last van. Maar erger was dat de olievlek langzaam uit elkaar werd geslagen. Er ontstonden steeds meer kleine olievlekken, die in een lange sliert naar het noordoosten dreven. De oppervlakte van het stuk zee, waarop de olie lag, was inmiddels zo groot als de totale oppervlakte van een paar Nederlandse provincies. Nu werden niet alleen de kusten van Groot-Brittannië, Frankrijk, België en Nederland bedreigd, maar ook de kusten van Duitsland, Denemarken, Zweden en Noorwegen. De regeringen van de Noordwest-Europese landen raakten langzaam in paniek.

Op de stranden van Engeland, Frankrijk, België en Nederland werden al één dag na de ramp de eerste besmeurde vogels gevonden. Vrijwilligers vingen en verzamelden de doodsbange dieren. Dat was gelukkig niet zo moeilijk, omdat ze meestal niet meer konden vliegen. Vaak probeerden ze pikkend en schreeuwend aan hun belagers te ontkomen, maar door de olie en de uitputting struikelden ze over hun eigen vleugels en poten. Als het niet zo zielig was, zou het lachwekkend zijn geweest: mannen en vrouwen in witte overalls die over een strand achter onhandige vogels aanrenden. Lars was een van hen...

Nadat de vogels waren gevangen en verzameld, werden ze met jeeps naar speciale opvangcentra gebracht. Deskundigen maakten daar de vogels schoon en verzorgden ze tot ze sterk genoeg waren om vrij te worden gelaten op een plek waar geen olie dreef. Elke dag spoelden nu meer besmeurde en dode vogels aan. Omdat de olievlek vanuit het Kanaal naar de Noordzee en de Waddenzee dreef, werden ook steeds meer grotere zeedieren bedreigd. Na een paar weken kon de schade aan de natuur worden opgemaakt: meer dan een miljoen dode vogels en zeedieren, waaronder talloze dolfijnen en zeehonden. De Waddenzee was van een beschermd natuurgebied veranderd in een giftige modderpoel. Het zou nog tientallen jaren duren voordat de natuur deze klap te boven zou zijn.

14

Dinsdagochtend 16 oktober 2007. Het was nat en fris buiten. In de loop van de nacht was de hemel weer helemaal dichtgetrokken. Uit de grijze lucht daalden slierten motregen gestaag op de Observant neer. Pieter hoefde de komende vier uur niet op wacht te staan. Hij deed de deur van de toren open en stapte naar buiten. Terwijl hij naar het huis van de familie Diri liep, viel hem op hoe koud het opeens was geworden. Elke keer als hij uitademde, verliet een wit wolkje waterdamp zijn mond. Hij opende de voordeur van de woning en ging naar binnen. In de huiskamer, waar hij vroeger zo vaak had gezeten, plofte hij neer op de bank. Zijn laptop zette hij op de salontafel. Hij klapte het apparaat open, deed hem aan, plugde het modem in en begon een e-mail in te tikken.

Bericht aan de Nederlandse regering

Wij hebben minister De Vries en directeur Wolfsen van Fortuna Olie ontvoerd.

Wij eisen dat de Nederlandse regering vóór woensdag 24 oktober 2007 om 12.00 uur aan de wereld bekendmaakt dat Nederland alsnog instemt met het voorstel van Canada: de productie en het gebruik van fossiele brandstoffen voor auto's moeten vanaf 2018 worden verboden.

Als de Nederlandse regering die eis niet volledig en onvoorwaardelijk inwilligt, zullen De Vries en Wolfsen worden doodgeschoten.

De Groene Vuist

Pieter las het bericht nog eens door, klikte op 'verzenden' en zette de laptop meteen daarna uit.

In een kantoor aan het Binnenhof in Den Haag zat een medewerkster van de premier een rapport te lezen. Toen de e-mail van Pieter binnenkwam, gaf haar computer het gebruikelijke 'bliepje'. Zuchtend, omdat ze voor de zoveelste keer die ochtend werd gestoord, opende ze het bericht. Terwijl ze het las, werd ze bleek. Daarna drukte ze snel op het knopje 'afdrukken', schoot overeind, rende naar de printer, griste de uitgedraaide e-mail eruit en rende ermee naar haar chef. Twee minuten later stonden ze bij de premier. Die las de e-mail en zei toen: 'Oké, dus het is wij tegen de Groene Vuist... Licht de politie in, roep het kabinet bij elkaar en laat de minister van Binnenlandse Veiligheid komen.'

15

Opeens klonk er een schot. Pieter en Stefan, die boven op de uitzichttoren stonden, schrokken zich rot. Ze renden naar het luik, rukten het open en stormden de trappen af.

Midden op de vloer van de derde verdieping lag Wolfsen. Een plas bloed vormde zich om hem heen. Lars stond naast hem en keek verdwaasd naar beneden. Het pistool had hij nog vast. De Vries zat rechtovereind tegen de muur. Zijn ogen waren groot van afschuw.

Stefan en Pieter lieten zich op hun knieën vallen en bogen zich over het bewegingloze lichaam van de oliedirecteur.

Stefan kwam als eerste overeind en schudde zijn hoofd.

'Weet je het zeker?' vroeg Pieter.

Stefan knikte. 'Lars heeft hem precies in zijn hart geraakt. Hij is zo dood als een pier.'

Pieter vloekte. Lars, nog witter dan daarnet, liep naar de muur, leunde voorover en spuugde zijn ontbijt eruit.

Pieter stond op en ging naar hem toe. 'Als je uitgekotst bent, wil ik precies weten wat er is gebeurd', zei hij kwaad.

Lars kwam overeind en keek hem wanhopig aan. 'Het was een ongeluk, Pieter. Ik zweer het, het was een ongeluk.'

Het was zaterdagochtend, negen uur. Een uur daarvoor was het Wolfsen gelukt het touw om zijn enkels los te maken. Hij had gezien dat Stefan, die het laatste deel van de nacht de wacht hield, niet goed oplette. De vorige dag was Stefan op de stripverzameling van Emre gestuit. Hij had alle boeken mee naar de toren genomen. Niet alleen voor de twee kinderen, maar ook voor hemzelf. Hij was een grote fan van Lucky Luke en Emre had ze allemaal.

Wolfsen was overeindgekomen en met zijn rug tegen de muur gaan zitten. Daarna had hij zorgvuldig de deken over zijn voeten en benen gelegd. Stefan had hem even aangekeken.

'Het is koud', zei Wolfsen ter verklaring.

'Hulp nodig?'

'Nee. Het lukt wel.'

Terwijl Stefan verder ging met lezen, trok Wolfsen zijn benen op. Met zijn geboeide handen probeerde hij de knopen los te maken. De deken vormde daarbij een scherm dat zijn gefriemel aan het oog onttrok en bovendien het kleine beetje geluid dempte dat hij daarbij maakte. Stefan ging zo op in zijn stripboek dat hij niets doorhad. Die paar keer dat hij uit zijn boek opkeek, stopte Wolfsen meteen. De Vries had trouwens ook niks door, omdat die met zijn rug naar de oliedirecteur toe lag te slapen.

Lars moest vanaf negen uur de wacht bij Wolfsen en De Vries houden. Voordat hij Stefan was komen aflossen, was hij naar het huis van de familie Diri gegaan om naar het ochtendjournaal te kijken. Uit het nieuws bleek dat de politie nog geen idee had waar ze waren. Wel waren ze erachter gekomen wie er achter de ontvoeringen zaten. Ondanks het feit dat Lars dit moment had verwacht, was het toch even schrikken geweest toen hij zijn foto en die van Pieter en Stefan in beeld had zien verschijnen.

Net op het moment dat hij de televisie uit wilde doen, verscheen achter de nieuwslezeres een foto in beeld van dode, met olie besmeurde vogels. Lars was meteen een en al aandacht. Hij liet de tv aanstaan, terwijl zijn gezicht in een grimas veranderde. Er was toch niet weer ergens een olieramp gebeurd? Nee, het ging over de olieramp met de Aurora! De commissie had gisteren eindelijk haar eindrapport gepubliceerd!

De olieramp van maart 2007 had hem diep geraakt. Als vrijwilliger was hij dagenlang bezig geweest met het vangen en verzorgen van besmeurde en gewonde vogels. Sommige waren er zo slecht aan toe dat ze moesten worden afgemaakt. Hij herinnerde zich de paniek en noodkreten van al die getroffen beesten nog goed. Hun wijd opengesperde ogen en snavels, het hulpeloze gefladder... Hij had ook geholpen met het opruimen van dode dieren. Duizenden waren het er geweest. Alleen al op de stranden waar hij was geweest, spoelden er iedere dag honderden aan.

In de eerste maanden na de ramp had hij 's nachts meer dan eens wakker gelegen. Hij had nachtmerries aan de taferelen op het strand overgehouden. Zoveel pijn had het lijden van al die wezens hem gedaan.

Hij was dan ook erg benieuwd naar de conclusies van de commissie. Wie was schuldig aan al die ellende? Aandachtig luisterde hij naar het verslag van de correspondent van het journaal in Londen.

'De commissie heeft eigenlijk twee schuldigen aangewezen. De schuld voor de aanvaring ligt bij het bedrijf dat eigenaar was van de Cadiz. Die had de kapotte radarinstallatie van het schip niet laten repareren, ook al had de kapitein daar al heel vaak om verzocht. Het schip bleef dus doorvaren met alle gevolgen van dien.

Maar de commissie maakt ook de eigenaar van de Aurora, het bedrijf Fortuna Olie, een zwaar verwijt. Volgens de commissie besteedt die maatschappij veel te weinig geld aan nieuwe schepen. Op alle zeeën en oceanen van de wereld varen tankers rond die oud en versleten zijn. Het grootste probleem met die tankers is dat ze meestal enkelwandig zijn. Dat betekent dat de olie in het ruim slechts van de zee wordt gescheiden door één stalen wand.

Als die ene wand bij een aanvaring breekt of scheurt, loopt de olie zo de zee in. Alle oliemaatschappijen, waaronder Fortuna, weten al twintig jaar dat ze hun schepen moeten vervangen, maar om kosten te besparen blijven ze gewoon met de oude schepen rondvaren.

Bij schepen met twee stalen wanden is de kans op een olieramp veel kleiner. Waarschijnlijk zou de olieramp in de Noordzee niet zijn gebeurd of veel minder erg zijn geweest als de Aurora dubbelwandig zou zijn geweest, aldus de commissie.

De commissie beveelt dan ook aan om het varen met enkelwandige tankers te verbieden om olierampen zoveel mogelijk te voorkomen.'

Lars voelde het bloed uit zijn gezicht wegtrekken. Had Fortuna Olie er al twintig jaar geen geld voor over om dubbelwandige tankers te laten bouwen? Terwijl ze zoveel verdienden aan de handel in olie? Het gevaar voor de zee interesseerde ze dus echt helemaal niets! Als ze hun zakken maar konden vullen!

Hij voelde een tomeloze woede in zich opborrelen. Een razernij, die niet te beheersen was en die als een vloedgolf naar zijn hoofd rolde. Wolfsen! Die smerige, vieze, vuile, gore rotkapitalist! Zonder de televisie uit te doen, rende hij naar buiten, naar de toren.

Net op het moment dat het Wolfsen was gelukt om de knoop los te maken, was Lars boven gekomen. Hij had Stefan aangekeken. 'Onze foto's zijn net uitgezonden.'

Stefan haalde zijn wenkbrauwen op: 'Dat was te verwachten. Zijn ze ons al op het spoor denk je?'

'Nee. Tenminste… ze zeggen van niet. En als dat wel zo is, gaan ze dat trouwens niet vertellen.'

'Daar heb je gelijk in.'

Lars had hem een hand toegestoken en hem overeindgetrokken. 'Stefan, ik neem de wacht van je over.'

'Maar het is nog geen negen uur.'

'Maakt niet uit. Dat ene kwartiertje meer…'

Stefan was opgestaan en had zijn vriend onderzoekend aangekeken. 'Is er iets?'

'Nee, hoor', had Lars gelogen.

'Nou oké, dan ga ik naar boven om Pieter af te lossen.'

'Zeg maar tegen hem dat hij leuk op de foto stond.'

Nadat Stefan naar boven was gelopen om Pieter in te lichten, was Lars voor het bed van de olieman gaan staan. Zijn gezicht had niet veel goeds beloofd. 'Je herinnert je vast nog wel de ondergang van de Aurora, afgelopen maart', zei Lars. 'Dat schip was van Fortuna. Waarom had die tanker maar één wand?'

De oliedirecteur keek Lars aan en haalde zijn wenkbrauwen op. 'Omdat het een oud schip was', antwoordde hij.

'Precies! En waarom hield Fortuna die ouwe tanker in de vaart? Zeg het maar!'

'Omdat hij het nog prima deed.'

'Nee, vuilak. Om geld te besparen. Om geen dubbelwandige schepen te hoeven kopen, zodat jullie nog meer winst konden maken', siste Lars hem toe.

'Nou en? Wat is er mis met geld verdienen?' vroeg Wolfsen.

'Wat daar mis mee is? Heb jij al die stervende beesten niet gezien?'

Wolfsen zei niets.

'Stervende beesten interesseren je niet, hè? Alleen geld interesseert jouw soort. Het is net als met die mergelgroeve hier. Die is ook van Fortuna. Dacht je dat wij niet wisten dat jouw bedrijf die oehoes heeft laten vergiftigen, zodat jullie door konden gaan met de mergelwinning?'

'We moesten kiezen tussen twee dode uilen of nog tien jaar werk voor honderden mensen. Dan maar twee dode uilen.'

Er knapte iets in het hoofd van Lars. Hij greep Wolfsen bij zijn strot en bracht zijn vuist omhoog.

Op dat moment zag de olieman zijn kans schoon. Met een snelle beweging wierp hij de deken van zich af en trapte Lars vervolgens met beide benen en met volle kracht van zich af.

Lars vloog achteruit en viel tegen het bed van De Vries aan. Wolfsen sprong op en rende naar de trap. Maar Lars kwam razendsnel overeind en versperde de directeur de weg, vlak voordat die de trap had bereikt. Hij greep de olieman vast en er ontstond een worsteling.

Wat geen van de drie vrienden wist, was dat Wolfsen vroeger een topjudoka was geweest. Door al dat hardlopen, was hij bovendien nog steeds erg goed in vorm. Het lukte de Fortunabaas dan ook met enkele bewegingen om zijn handboeien om de nek van Lars te slaan en hem zo, met de rug naar hem toegekeerd, op zijn knieën te dwingen. Het ging allemaal zo snel dat Lars niet eens meer de tijd had om te schreeuwen. Door de verwurging schreeuwde zijn hele lichaam al binnen enkele tellen om zuurstof. Hij besefte dat hij snel iets moest doen, omdat hij het anders niet zou overleven. Hij liet de handboeiketting om zijn nek los en pakte zijn pistool, dat onder zijn trui achter zijn broekriem stak. Wolfsen zag het niet, omdat hij met zijn ogen dicht uit alle macht aan de handboeien trok. Met zijn laatste krachten richtte Lars het pistool over zijn linkerschouder naar achteren en haalde de trekker over. Meteen verslapte de wurggreep. Wolfsen sloeg dood achterover, Lars in zijn val meeslepend.

Lars zat op het bed van Wolfsen en staarde naar de grond. Hij had het verhaal net aan Pieter en Stefan verteld.

'Laat je nek eens zien', zei Stefan.

Lars keek op. 'Wat?'

'Je nek. Laat eens zien.'

Lars deed zijn hoofd naar achter. Dwars over zijn hals liep een roodblauwe schram. Op sommige plaatsen hadden de schakeltjes van de handboeiketting diepe sneeën veroorzaakt, die nog steeds bloedden.

'Je mag van geluk spreken dat je hem hebt kunnen neerschieten. Nog even en je was er geweest', zei Stefan.

'Ik heb een mens gedood', fluisterde Lars. 'Dat wilde ik helemaal niet.'

'Dat snap ik, maar het was jij of hem. Gelukkig is hij het geworden.'

Lars begroef zijn gezicht in zijn handen.

Stefan keek naar Pieter: 'Die wond moet verzorgd worden.'

'Ja, eigenlijk wel, maar een bezoek aan een dokter zit er niet in', reageerde Pieter geërgerd. 'We zullen hem zelf moeten verzorgen. Wat doen we met Wolfsen?'

Stefan keek naar het lijk van de olieman. 'Ik denk dat we hem moeten begraven. Maar dat moeten we dan wel zo doen, dat niemand ons kan zien. Achter het restaurant, tussen de struiken of in het bos.'

Pieter keek naar zijn andere vriend. 'Lars? Ben jij nog in staat hier de wacht te houden?'

Lars keek op. 'Ja... tenminste... Ik denk het wel.'

'Denken of zeker weten?'

Lars slikte, vermande zich toen en stond op. 'Ik weet het zeker.' Hij keek naar het lijk van de Fortunabaas. 'Het is zijn eigen schuld. Als hij niet had geprobeerd me te wurgen, was hij er nog geweest... Ik mikte trouwens niet eens op zijn hart. Ik schoot alleen maar over mijn schouder om hem van me af te krijgen... Het was echt een ongeluk.'

Pieter pakte de Fortunabaas bij zijn voeten en maakte een hoofdbeweging in de richting van zijn hoofd. 'Pak jij hem bij zijn schouders?' vroeg hij Stefan.

'Moeten we niet eerst een kuil graven voor we hem naar buiten zeulen? En kunnen we dat niet beter vanavond doen als we zeker weten dat niemand meer op de berg rondhangt die ons per ongeluk ziet?'

Pieter legde de voeten van Wolfsen weer op de grond. 'Je hebt gelijk. We moeten hem natuurlijk pas begraven als het donker is. Stom van me.'

Plotseling zei De Vries: 'Jullie laten hem hier toch niet de rest van de dag liggen, hoop ik.'

'Hoezo niet? Het is toch een vriendje van je?' snauwde Lars naar hem.

'Hij was geen vriend... Wat moest ik doen? Hij chanteerde onze regering.'

'Dat zeg je nu, ja. Je hebt gewoon je rug niet recht gehouden.'

'Genoeg!' zei Pieter. 'We dragen hem alvast naar beneden en vanavond begraven we hem.'

Hij bukte zich en pakte opnieuw de voeten van de dode Fortunabaas. 'Weg hier met hem.'

Nadat ze het lichaam van Wolfsen op de begane grond van de uitzichttoren hadden gelegd, liepen Stefan en Pieter terug naar boven.

Stefan had een EHBO-kist bij zich. 'Ga even zitten', zei hij tegen Lars. 'Dan verzorg ik je nek.'

Lars ging weer op het bed zitten. Pieter liep naar een van de raampjes en keek naar buiten.

'Mag ik iets zeggen?' vroeg De Vries.

De drie mannen keken hem aan.

'Nee,' zei Stefan, 'het enige wat jij moet doen, is je mond houden.'

'Waarom? Sinds wanneer zijn wij bang voor woorden? Laat hem praten', zei Pieter.

Stefan keek zijn vriend aan en haalde zijn schouders op: 'Wat jij wilt.'

Pieter knikte naar De Vries: 'Voor de draad ermee.'

'Ik vind dat jullie Juul moeten laten gaan. Dat jullie mij en Wolfsen hebben ontvoerd, kan ik begrijpen, ook al ben ik het er niet mee eens. Maar dat meisje verdient dit niet. Die moet hier weg. Ze is doodziek. Jullie móéten haar laten gaan.' Pieter slikte en zweeg. Diep in zijn hart vond hij dat De Vries gelijk had. Maar als ze nu iemand lieten gaan, zouden ze ontdekt worden en dan was misschien alles voor niets geweest. En hun bedoelingen waren juist zo goed, zeker voor iemand als Juul. Stel je voor: een wereld zonder luchtvervuiling. Dan kon ze misschien weer naar buiten. Soortgelijke gedachten schoten door het hoofd van zijn twee vrienden, maar het was Stefan die als eerste de stilte verbrak. Hij keek zijn vrienden aan en zei: 'We kunnen haar niet laten gaan! Dat is veel te riskant! Ze weet precies waar we zitten en ze gaat daar echt haar mond niet over houden.'

'Ik ben het met je eens', zei Pieter.

Lars knikte ook.

Pieter wendde zich tot De Vries: 'Over een paar dagen is het allemaal voorbij. Dan zorgen we dat ze zo snel mogelijk in een ziekenhuis terechtkomt. We zullen haar zo goed mogelijk verzorgen, maar tot die tijd moet ze het volhouden.'

'Dan hoop ik dat ze het ook volhoudt. Niet alleen voor haar, maar ook voor jullie.'

Lars werd boos: 'Ben je klaar of moet ik de tape weer pakken?'

De Vries schudde zijn hoofd. 'Ik ben klaar.'

Stefan draaide zich naar Lars en Pieter: 'Zelfde wachtschema, vanaf nu?'

'Dat is goed', zei Pieter.

***

Emre en Juul waren bang. Door het open trappenhuis hadden ze alles gehoord. Eerst hadden ze Lars en Wolfsen ruzie horen maken. Vervolgens hadden ze de worsteling en het schot gehoord, waarna Pieter en Stefan naar beneden kwamen stormen. En daarna hadden ze ook gehoord dat Wolfsen dood was en die avond zou worden begraven.

Juul lag met gesloten ogen naar adem te happen, terwijl Emre wezenloos voor zich uit staarde. Hij was totaal in de war. In de minuut vóórdat Wolfsen werd doodgeschoten, was hij zo kwaad geweest, dat hij hem het liefste zelf had vermoord. Die man had dus de dood van de oehoes op zijn geweten! Hij herinnerde zich nog goed hoe hij had gezworen wraak te nemen op degene die de uilen had vergiftigd, nadat de tweede oehoe in zijn armen was gestorven. Ook had hij plotseling weer iets van zijn oude vriendschap voor

Pieter gevoeld. Misschien had die toch gelijk... Misschien wás terrorisme wel de beste oplossing om dit soort mensen te stoppen en de aarde te redden.

Maar toen hij de worsteling, het schot en daarna de doffe klap hoorde waarmee het lichaam van Wolfsen op de vloer viel, was Emre kotsmisselijk geworden en had hij bijna overgegeven. Hij had zich ook erg schuldig gevoeld. Waarom wist hij eigenlijk niet. Hij was niet degene die Wolfsen had neergeschoten. Dat was Lars geweest! Voelde hij zich schuldig omdat hij de olieman heel even dood had gewenst en die wens opeens was vervuld?

Pas na een uur kwam hij weer een beetje tot rust. Op dat moment viel hem ook pas op hoe slecht Juul eraan toe was. Ze klonk net als Lars daarstraks. Alsof iemand haar probeerde te wurgen.

'Juul, gaat het?'

'Niet echt', fluisterde ze.

'Moet ik iemand roepen?'

'Nee.'

'Maar straks ga je...'

'Dood?'

'Ja, nee, ik bedoel...'

'Je bedoelde dood.'

Emre viel stil.

'Het geeft niet, hoor', zei Juul.

'Wat niet?'

'Dat ik misschien dood ga. Dat mag je best zeggen.'

'Ik wil niet dat je dood gaat.'

'Ik ook niet.'

'Maar dan moet je hier weg! Ik ga ze roepen!'

'Nee!'

'Waarom niet?'

'Ik wil niet dat ze me helpen.'

'Maar ik kan niet bij je medicijnen. Ik ga ze toch roe...'

'Nee.' Juuls stem klonk onverwacht hard. 'Het is maar een aanval. Het gaat wel over als de schrik voorbij is.'

Ze zwegen allebei een tijdje.

'Wat wil jij worden later?' verbrak Juul de stilte.

Emre haalde zijn schouders op. 'Ik weet het nog niet... Ik wilde altijd bioloog worden. Iets met vogels, maar nu weet ik het niet meer.'

'Dat kan toch nog steeds?'

'Ja, maar ik wil niet zoals Pieter worden.'

'Dat hoeft toch ook helemaal niet.'

Emre slikte. 'Maar toen ik daarstraks hoorde dat Wolfsen die oehoes had laten vergiftigen, kon ik hem wel vermoorden... Net als Lars.'

'Ja, maar er is een verschil tussen iets denken en iets doen.'

'Hoe bedoel je?'

'Nou, we denken allemaal wel eens iets slechts. Zeker als we kwaad zijn. Dat is normaal en helemaal niet erg. Zolang je maar niet iets slechts dóét. Als je geweten goed werkt, dan zul je nooit echt iets slechts doen. Jij kunt heus wel bioloog worden, zonder dat je een terrorist wordt. Er zijn op de hele wereld tienduizenden biologen die de hele dag goede dingen doen voor de natuur. Waarom zou jij niet zo'n bioloog kunnen worden?'

Emre was onder de indruk van haar woorden. Hij liet ze even op zich inwerken en zei toen: 'Maar wat voor mij geldt, geldt ook voor jou.'

'Ik wil geen bioloog worden.'

'Dat bedoel ik ook niet. Jij denkt waarschijnlijk dat je als astmapatiënt een ongelukkig leven krijgt, terwijl dat misschien helemaal niet zo is, net zoals ik daarnet bang was dat ik als bioloog automatisch zo word als Lars of Pieter, terwijl dat aan mezelf ligt... Maar als jij ervoor vecht, word je niet ongelukkig.'

Juul dacht aan het moment dat ze haar ontvoerders in de bossen bij Spa over haar had horen praten. Toen was ze er even zeker van geweest dat ze verder wilde leven. Waar was dat gevoel nu gebleven? 'Misschien heb je wel gelijk', zei Juul zacht.

'Ik heb zeker gelijk', zei Emre. 'Ik ga hulp halen. Maar eerst moet ik los zien te komen.' Meteen daarna startte hij zijn pogingen om zijn rechterhand te bevrijden. Juul lag de rest van de middag te slapen, zo goed en kwaad als dat ging.

***

Die avond, nadat ze Wolfsen hadden begraven, stond Pieter weer boven op de uitzichttoren. Hij voelde zich niet goed. Waar was hij eigenlijk mee bezig? Hij had drie mensen ontvoerd. Wolfsen was dood en Juul ernstig ziek. Ze had dringend hulp nodig, maar hij deed niks. Intussen hield hij ook nog zijn vriend Emre gegijzeld...

Hij voelde hoe in zijn hart een verscheurende twijfel groeide. Was dat het allemaal wel waard? Zou iemand ooit begrijpen dat hij dit voor een hoger doel had gedaan? Voor een betere wereld? Het enige wat hij wilde, was een normale, gezonde toekomst, voor iedereen. Had hij dat op een andere manier moeten proberen? Stukken schrijven, demonstreren, de politiek in? Nee, dat had allemaal toch geen zin. Telkens weer won geld het toch van gezond verstand.

Maar hij mocht niet twijfelen. Niet nu. Hij zuchtte diep en liep langzaam een rondje langs de borstmuur. Terwijl hij door de duisternis in de richting van Sint-Pieter keek, zag hij opeens een donkere schaduw op hem af vliegen. Geschrokken deinsde hij achteruit. Een grote vogel landde op de muur voor hem. Het was een oehoe. Het beest leek helemaal niet van zijn aanwezigheid op de toren te schrikken. Hij keek Pieter een paar seconden met zijn doordringende uilenogen aan, zette toen af en vloog weer verder. Met langzame, maar krachtige vleugelslagen verdween hij in het donker. Pieter keek hem sprakeloos na.

16

Eindelijk! Al die keren dat hij de boeienkoning had nagespeeld, waren dus niet voor niets geweest. Emre stak zijn rechterhand in de lucht en keek triomfantelijk naar Juul, die wakker was en ondanks haar pijn toch nog kon glimlachen. Snel haalde hij het touw van zijn linkerpols af en begon hij aan het touw om zijn enkels. Binnen één uur had hij ook dat losgemaakt. Grijnzend van oor tot oor ging hij naast het veldbed staan.

Het was diep in de nacht. Pieter en Lars waren beneden en Stefan hield boven de wacht, op de toren.

'Ik ben vrij!' fluisterde hij.

'Stil!'

'Ik bén stil!'

'Niet waar. Je fluisterde zo hard, dat je net zo goed gewoon kan praten. Straks horen ze je.' Juul zweeg even om op adem te komen. 'Je bent trouwens niet vrij. Je bent wel los, maar je kunt geen kant op.'

'Wacht maar', wilde Emre zeggen, maar net op dat moment ging het luik in het plafond van de toren open. Vliegensvlug pakte Emre het stuk touw dat op de grond lag en ging onder de deken liggen. Toen Stefan beneden kwam, deed hij net alsof hij sliep. Door zijn wimpers zag hij hoe Stefan naar

Juul liep en naast het hoofdeinde van haar bed neerhurkte.

Zijn rug was nu naar Emre toegekeerd.

'Gaat het?'

'Nee. Het gaat niet.'

'Kan ik je helpen?'

'Ja', hijgde Juul. 'Ik wil puffen en ik wil een pil.'

Terwijl Stefan de rugzak aan het hoofdeinde pakte en erin begon te rommelen, sloeg Emre de deken van zich af en kwam langzaam overeind.

'Hier', zei Stefan en precies op het moment dat hij Juul het pufapparaat aanreikte, schoot Emre van zijn veldbed af en rende naar de trap. Hij was razendsnel en stond al op de tweede trede, toen Stefan hem zag en overeindkwam.

'Hé!' schreeuwde die, terwijl hij naar de trap beende. 'Staan blijven!' Maar hij was te laat om Emre nog te kunnen grijpen. De jongen stond al boven. Hij gooide het luik dicht en deed een schuif erop. Nog geen tel later stond Stefan met zijn vuisten tegen de onderkant ervan te beuken.

'Maak dat luik open!' schreeuwde hij. 'Maak dat luik onmiddellijk open!'

Emre schoof ook de twee andere schuifsloten snel dicht en stapte van het luik af. Het was zo donker buiten dat hij nauwelijks een hand voor ogen kon zien. Gelukkig had hij dit zó vaak gedaan, dat hij precies wist waar de kist hing. Op de tast pakte hij het deksel en deed het omhoog. Als alles er nog maar in zat... Gespannen stak hij zijn hand in de kist. Het eerste wat hij voelde was het abseiltouw. Meteen daarna vond hij de riem. Hij pakte de klimgordel eruit en deed hem snel om zijn middel. Vervolgens pakte hij het abseiltouw en liep naar de andere kant van de toren. Zijn ogen waren inmiddels aan de duisternis gewend en hij vond de zware, ijzeren ring die daar in de vloer zat meteen. Emre pakte de ring, knoopte het touw eraan vast en gooide het andere eind over de rand van de toren. Hij liep naar de muur. Voorzichtig stak hij zijn hoofd over de rand en keek naar beneden. Het was zo donker dat hij de grond nauwelijks kon zien, maar volgens hem zag hij niemand beneden. Het was heel even stil geweest bij het luik, maar plotseling klonken weer harde klappen tegen de onderkant ervan. Stefan had kennelijk een hamer gehaald. Hij hoorde ook de gedempte stem van Pieter. Snel klom Emre op het trapje bij de muur en ging op de plank staan. Hij draaide zich om, bukte zich, pakte het touw op, maakte het aan zijn klimgordel vast en liep achteruit naar de rand van de toren. Hij zette zijn voeten naast elkaar op de rand en ging schuin naar achteren hangen. Zijn lichaam hing nu zo'n twaalf meter boven de grond. Alleen het touw voorkwam dat hij te pletter zou vallen. Voorzichtig plaatste hij zijn rechtervoet tegen de buitenwand van de toren. Hij trok zijn linkervoet bij en liet zich daarna met kleine sprongetjes naar beneden zakken.

Emre was net bezig met dalen, toen hij opeens werd gevangen in het licht van een zaklantaarn. Geschrokken stopte hij met abseilen en keek over zijn schouder naar beneden. Hij zag aan de gestalte van de man dat het Lars was.

'Stop hiermee, Emre', riep Lars. 'Klim terug naar boven!'

Emre twijfelde. Zou hij weer naar boven klimmen of verder gaan?

Lars leek zijn gedachten te kunnen lezen. 'Je kan kiezen, Emre. Of je gaat verder met abseilen, maar dan schiet ik op je. Of je klimt weer naar boven en doet het luik open. Kies maar. Ik laat je hoe dan ook niet ontsnappen.'

Emre dacht koortsachtig na. Boven werd nog steeds tegen het luik geslagen. De klappen kaatsten over de Observant. Als hij nu weer terugklom, was hij zeker de pineut. Ze zouden hem daarna zó goed vastbinden dat hij nooit meer zou kunnen ontsnappen. Als hij verder ging, maakte hij misschien nog een kleine kans. Zou Lars echt op hem schieten? Zou hij zo ver gaan? Nee, dat was vast bluf. Hij besloot verder naar beneden te gaan. Hij zette zich stevig af en zakte weer twee meter naar beneden.

Pang! De echo van het schot kaatste door het Maasdal. Emre keek over zijn schouder naar Lars.

'Dit was een waarschuwingsschot, Emre', schreeuwde Lars. 'Ik waarschuw nog maar één keer. Je weet dat ik niks meer te verliezen heb, nu ik Wolfsen heb gedood.'

Bluf, dacht Emre en hij sprong opnieuw een stuk naar beneden. Op het moment dat zijn voeten de muur raakten, klonk er weer een schot. De kogel ketste af tegen de stenen muur en schampte langs zijn hoofd. Ai, dat deed pijn. Hij voelde warm bloed over zijn gezicht naar beneden sijpelen.

'De volgende is echt raak, Emre! Ga naar boven of je ligt straks naast Wolfsen.'

Emre dacht aan het schot en de doffe klap waarmee Wolfsen was gevallen en besefte plotseling dat Lars niet blufte.

Wat moest hij doen? Uit de snee op zijn voorhoofd stroomde bloed in zijn linkeroog. Snel veegde hij het weg. Wat had iemand nog aan hem als hij écht werd doodgeschoten?

Op dat moment kwam Pieter aanrennen. 'Emre', schreeuwde hij. 'Wees alsjeblieft verstandig. We kunnen je niet laten ontsnappen. Ga terug en doe dat luik open!'

Nu er twéé gewapende mannen beneden op hem stonden te wachten, had het geen zin meer om verder af te dalen. Emre besloot weer naar boven te klimmen.

'Verstandige beslissing', riep Pieter hem na.

Al snel stond Emre weer op de toren. Hij deed zijn klimgordel los en gooide hem op de grond. Stefan had het luik nog niet open gekregen. Wel hadden zijn onophoudelijke hamerslagen al een kier tussen twee planken veroorzaakt, waardoor een dunne streep licht scheen.

Emre had geen zin om zich zonder slag of stoot over te geven en het luik open te doen. Er moest toch een manier zijn om te ontsnappen! Hij liep snel een rondje langs de muur en keek naar beneden. Aan een kant van de toren stonden wat hoge struiken en een paar boompjes. Zou zijn val voldoende worden gebroken als hij daarin zou springen? Of zou hij dat niet overleven?

Opeens hoorde hij gekraak achter zich. Een van de planken van het luik begon het te begeven. Een golf van paniek sloeg door Emre heen. Wat zou hij doen? Zou hij het erop wagen of niet? Weer klonk er flink gekraak achter hem. Hij moest nu beslissen. Hij keek naar het luik en zag hoe Stefan zijn hand door het gat stak dat hij er zojuist in had geslagen en naar de schuifsloten begon te tasten. Emre liep erheen en trapte hard op zijn vingers. Stefan schreeuwde het uit van de pijn, maar hij trok zijn hand niet terug. Emre tilde zijn voet op om nóg een keer met volle kracht op de hand te trappen, toen Stefan met een snelle beweging de enkel van zijn standbeen vastgreep en daaraan een ruk gaf die Emre uit zijn evenwicht bracht. Daar had de jongen niet op gerekend. Hij viel achterover. Wild trapte hij met zijn vrije voet tegen de onderarm en de hand van Stefan. Vloekend liet die zijn enkel los. Emre kwam vliegensvlug overeind en struikelde terug naar de muur.

Weer keek hij naar beneden. Was er echt geen manier om te ontsnappen? Achter hem klonk opeens de stem van Lars, die nu kennelijk naar boven was gekomen. 'Geef mij die hamer maar even.' Vlak daarna klonken er weer harde klappen en nog meer gekraak. Het luik stond op het punt het te begeven. Emre nam een besluit. Hij klom op de muur en keek naar beneden.

Pieter zag hem meteen en richtte zijn zaklamp op hem. 'Wat ga je doen, Emre? Geef je nou maar gewoon over!'

Emre slikte zwaar. Hij schatte de afstand in en sloot zijn ogen. Precies op het moment dat hij wilde springen, hoorde hij een luide kreet. 'Whoeoooo!' Emre opende zijn ogen. Uit de duisternis dook een grote, zwarte schaduw op, die naast hem op de muur neerstreek. Pieter had het ook gezien en richtte zijn zaklamp erop. Het was een oehoe!

Emre herkende de enorme uil meteen. 'Lev!' schreeuwde hij. 'Lev! Je bent terug!'

De oehoe keek hem even met grote ogen aan en draaide zich toen van hem af. Het leek wel alsof hij Emre uitnodigde. Precies op het moment dat Lev zijn vleugels strekte en van de toren afdook, sprong Emre.

In een reflex gooide Pieter zijn zaklantaarn in het gras. Hij rende naar de plek waar Emre zou neerkomen om hem te vangen. De val van Emre werd gebroken doordat hij boven op Pieter landde. De man en de jongen sloegen keihard tegen de grond. Emre kwam kreunend overeind. Hij keek naar Pieter. Die was bewusteloos.

Plotseling viel een lichtbundel vanaf de toren op hem. Lars en Stefan hadden het luik eindelijk open gekregen en hingen nu over de borstwering.

'Ik heb je onder schot', schreeuwde Lars. 'Blijf staan! Stefan komt naar beneden.'

Emre dacht geen seconde na. Hij draaide zich om en rende in de richting van de speeltuin. De lichtbundel van Lars' zaklantaarn volgde hem.

'Stoppen!' hoorde Emre hem schreeuwen. Vlak daarna kraakten er weer schoten door de nacht. De kogels floten voorbij, maar Emre stopte niet. Hij was nu bij het gat in het hek, kroop er bliksemsnel doorheen en stortte zich dwars door het struikgewas naar beneden. Een paar tellen later stond hij op de weg naar De Levant. Hij stak over en rende verder naar beneden. De helling van de Observant was hier steil en het was pikdonker in het bos. Emre struikelde over een tak en rolde een stuk naar beneden. Hij kwam tot stilstand tegen een boom, stond vlug op en rende weer verder.

Een paar minuten nadat hij van de toren was gesprongen, stond hij snakkend naar adem aan de voet van de Observant. Zijn kleren waren overal gescheurd, zijn handen en gezicht zaten vol schrammen en builen en uit het schampschot op zijn voorhoofd droop nog steeds bloed. Hij besteedde er geen aandacht aan en luisterde scherp om er zeker van te zijn dat niemand hem was gevolgd. Maar hij hoorde niets en begon weer te rennen. Hij liep over de smalle paden door het bos en dwars door de weilanden, zodat de mannen, als ze hem nog achtervolgden, niets aan hun busje zouden hebben. Hij kende deze omgeving veel beter dan zij. Zelfs als ze te voet achter hem aan zouden komen, zou hij zich niet meer laten pakken. Na iets meer dan een uur gerend te hebben en talloze keren te zijn gestruikeld en gevallen, stond hij boven aan de Luikerweg, de straat waaraan Fort Sint-Pieter lag.

Vanaf nu ging het aan een stuk door naar beneden, totdat hij bij het politiebureau was.

17

Emre stond op de uitkijktoren. Hij keek over de Maas in de richting van Luik. De zon was pas vier uur op, maar haar warmte was alweer goed te voelen. Over drie uur zouden de eerste toeristen op De Levant aankomen. Met de kabelbaan of te voet. Zijn vader en hij waren al de hele ochtend bezig om de attracties in gereedheid te brengen.

Emre opende de kist en controleerde of alles erin zat. Abseiltouw, klimgordel... Terwijl hij de spullen nakeek, dreven zijn gedachten naar de gebeurtenissen van afgelopen herfst, naar de angstige momenten in de toren en zijn ontsnapping.

Emre was buiten adem op het politiebureau aangekomen. Toevallig had agent Fijnaut dienst. 'Wat is er met jou gebeurd?' vroeg hij, toen hij het bebloede en ernstige gezicht van Emre zag. Nadat Emre zijn verhaal had gedaan, had de politie De Levant meteen omsingeld. Na twee dagen onderhandelen, hadden Pieter, Stefan en Lars zich zonder bloedvergieten overgegeven. De Vries was er redelijk goed aan toe, ook al was hij lijkbleek en had hij een baard van bijna een week.

Met Juul daarentegen ging het slecht. Zo slecht dat ze nauwelijks reageerde toen haar ouders en broertjes rond haar brancard stonden en haar aanraakten. Heel even opende ze haar ogen en daarin leek iets van een glimlach te staan, maar toen zakte ze weer weg in haar halfbewusteloze toestand. Snel werd ze met een ambulance naar het ziekenhuis vervoerd. Nadat ze daar een paar weken in een zuurstoftent was behandeld, mocht ze weer naar Leiden, naar huis. Juul en Emre hadden het hele jaar contact gehouden. Het ging nu heel goed met haar. De afgelopen winter hadden artsen in Canada een medicijn tegen astma ontdekt. Geen medicijn tegen de klachten alleen, maar pillen om de ziekte zelf te genezen. Sinds maart slikte Juul die nieuwe pillen. Al in mei was ze elke dag een paar uur, zonder problemen, buiten geweest.

Wolfsen hadden ze opgegraven. Een paar dagen later was hij opnieuw begraven door zijn familie, in Noordwijk.

Het proces tegen 'De Groene Vuist' was inmiddels afgelopen. De rechter had alle drie de mannen tot een gevangenisstraf van 25 jaar veroordeeld voor de ontvoering van De Vries, Wolfsen en Juul, de gijzeling van Emre en de dood van Wolfsen.

In mei had weer een klimaattop plaatsgevonden. Dit keer had de wereld wél ingestemd met een verbod op de productie en het gebruik van fossiele brandstoffen voor auto's, maar dan met ingang van 2020. Nederland, vertegenwoordigd door een andere minister, had het voorstel meteen geaccepteerd. De nieuwe baas van Fortuna Olie had geen enkele poging ondernomen de nieuwe minister op andere gedachten te brengen.

Zijn vader tikte hem op zijn schouder. 'Alles in orde?'
Emre schrok op uit zijn gedachten. Hij had helemaal niet doorgehad dat hij naar de plek was gelopen waar hij in de herfst naar beneden was gesprongen.
'Ja hoor, *baba*. Ik stond alleen maar even na te denken.'
Zijn vader keek hem met twinkelende ogen aan. 'Dat is prima. Nadenken is goed voor je. Maar ik had het over de spullen. Zijn die in orde?'
Emre grijnsde. 'Ja, die zijn goed.'
'Mooi. Dan gaan we nu naar de boot.'
'Ik wil nog heel even van het uitzicht genieten.'
'Niet te lang dan. Ik ga alvast naar beneden.'
Emre liep naar de andere kant van de toren en keek in de richting van de groeve. Lev was er al het hele jaar. Emre zocht hem vaak op, maar lang niet zo vaak als vroeger.
Het was gek, dacht Emre. Er was zoveel veranderd...

Maar er was niet veel veranderd. Het was Emre zelf die was veranderd. De speelse jongen in hem had plaatsgemaakt voor een serieuzere jongen. Een jongen die het niet meer in zijn hoofd zou halen om te gaan spookrijden met een locomotief...

Opeens hoorde hij iemand roepen. Was dat zijn zusje? Hij stak zijn hoofd over de rand van de muur en keek naar beneden. Wie was dat? Dat leek wel Juul... Was dat Juul? Het was Juul!

Terwijl hij met drie treden tegelijk naar beneden stormde, voelde hij zich weer heel even de Emre van een jaar geleden.